青澀的傷痛與脆弱

住野夜

Yoru Sumino

忘不了那個季節，我們就這麼長大成人。

我的任何行動都有可能惹得別人不悅。

我直到高中畢業的十八年之間都是這樣想的，考進大學以後，我就以此訂立了自己的人生信念。那就是：絕不輕易和別人走得太近，絕不說出反對別人的意見。這麼一來，至少可以降低自己造成別人不悅的機率，也可以降低自己被不悅的人攻擊的機率。

所以在大學裡第一次見到秋好壽乃的時候，我非常看不起她，心想世上怎麼會有這樣自信過度、愚昧又遲鈍的人。

成為大一生之後的第二週的星期一。課已經選好了，這週就要開始正式上課。在所有大學生最勤奮向學的這一天，沒有參加社團也沒有參加迎新會的我獨自坐在大教室的一角。我想要的就是這種寧靜的大學生活。

第三節次好像是一般課程的建構和平論吧。我翻著課本等著上課，過了一會兒，講師靜靜地走上講臺，坐滿大一生的空間裡充斥著規規矩矩的寂靜。

不過我們從未體驗過要集中注意力長達九十分鐘的漫長上課時間，很自然地，學生們的注意力逐漸地疲乏，教室裡開始冒出窸窸窣窣的說話聲，講師每年看著新生大概已經看習慣了，所以並沒有制止，還是繼續講課。

而我當然也不例外，其實我連高中的上課時間都沒辦法從頭到尾保持專注。我本來以為在這春暖花開的季節裡才會覺得九十分鐘就像永恆那麼久，一點都沒想到自己整整四年都沒能擺脫這種感覺。

過不了多久我就覺得上課很無聊，我在角落的位置望著窗外。不用上課的學生的笑語聲和鳥鳴聲融在陽光之中。

正當我撐著的臉頰從手上滑落、頻頻點頭時，有個聲音打破了這片和煦的春光。

「對不起，我可以發問嗎？」

一個愉快又響亮的聲音充滿了靜謐的教室。還醒著的人紛紛轉頭找尋聲音的來源。我也跟大家一樣好奇，但我不需要四處張望，因為說話的就是坐在我右邊隔一個座位的女生。我偷偷瞄去，只見她的右手筆直伸向天花板，如同在炫耀自己的正當性。

我剛才沒在聽課，所以我以為她是要回答講師的問題，但是被她注視的年老講師卻露出厭煩的表情說「發問時間還沒到喔」，要求她把手放下。在我側目觀望之下，她慢慢收回右手，但明顯露出了不滿的表情，從講臺上想必也看得一清二楚，於是講師說「要現在問也行啦」，她立刻恢復了生氣蓬勃的表情，用響徹整間教室的音量致謝。

仔細想想，如果那時她說出普通學生絕對不會想到的想法、和講師熱烈討論起來，或許我會覺得「大學裡真是臥虎藏龍」，開始期待大學生活精彩有趣的地方。而且，這件事也只會到此為止。

結果並不是這樣。

「我覺得世上不需要暴力。」

她借用了發問的名義，從這句話開始表達她的意見。老實說，她的意見簡直像是小學的道德教育課程會出現的陳腐論述，旁人聽了都覺得臉紅。

這就是所謂的理想論調吧。講師聽完之後也不掩飾嘲笑之意，回答「大家都知道能這樣是最好的」。教室各處紛紛傳出「哇塞」、「什麼跟什麼啊」、「真白目」的竊竊私語。應該不是我聽錯了。

和講師的對話以羞辱告終之後，她就沒再開口了，課程在這股無視她的存在、卻又鄙視著某人的氣氛之中繼續進行著。

我後來又偷瞄了她，不是因為這個寧可打斷上課也要發表意見的人物讓我很感興趣，而是懷著一種幸災樂禍的心態，想要看看她在愚蠢發言受到否定之後的不悅表情。

所以當我看到她臉上的表情時，心裡雖然說不上遺憾，但還是非常意外。因為她露出了受傷的表情，她一臉深受打擊的樣子直視著前方。

我在國中高中也看過別人做過類似的事，所以我對那種人的心態已經有了成見，我覺得他們都只相信自己的意見，看不起無法理解這個意見的周遭人們。所以當我發現她並不像那種人一樣在受到否定時感到氣惱，不禁有些訝異。

我不打算和她往來，但我對她當時的表情還挺有興趣的。

可是我對她感興趣的程度就和在街上聽到奇怪音樂差不多，等到下課鈴響，我就拋開了這件事。

我交出代替出席表的一句話心得問卷之後就離開教室。我在星期一的第四節次沒有課，所以去了學生餐廳吃遲來的午餐。

大學的學生餐廳即使不是用餐時間也一樣人滿為患，我在還沒去慣的餐廳裡心神徬徨地端著每日套餐的托盤，走到窗邊的四人座，在合手致謝之後喝起味噌湯。

「你一個人嗎？」

和自己無關的聲音只是融在風景中的雜音。那時我沒想到這聲音是在對我說話，所以繼續吃著我的炸魚排。魚排發出酥脆悅耳的聲音碎裂開來落在盤子上，這是因為有人抓住我的肩膀，把我嚇了一跳。

我停下筷子，抬頭一看，再次大吃一驚。剛才在課堂上做出丟臉行為的女生正捧著咖哩豬排站在我旁邊。我莫名其妙地交互望向她的臉和豬排。

「你一個人嗎？」

她又問了同樣的話，這時我才知道剛才那個聲音也是在對我說話。

「呃……嗯。」

我不知道她為什麼向我攀談，但我沒有必要騙她，所以坦白地點頭，她紅潤的臉龐露齒一笑，把托盤放在我對面的位置，坐了下來。

「剛才那堂課你是坐在我隔壁吧？我也是一個人，可以跟你一起吃嗎？」

我心中暗叫「不會吧」。從她此時和剛才在課堂上侃侃發表意見的行為來看，她真是個自信爆表的人，而我最怕的就是這種人。

不拒絕別人是我的人生信念之一，而且我通常把「不反對別人意見」看得比「遠離人群」更重要，這天我也是懷著這種心態。除此之外沒有其他理由了。

「……是。」

因為她說不定是學姐，所以我姑且先對她說敬語。她很自然地用平輩的語氣跟我說話，想必是認為我既然會去上那堂充滿大一生的課一定是大一生。我在猜，她敢隨便找不認識的人一起吃飯，或許不光是因為她天生不會看氣氛，也因為她是早已習慣大學生活的高年級生吧。

「不用跟我說敬語啦，我也是一年級。」

「咦？」

「怎麼，難道你是學長嗎？」

她睜大眼睛、吐著舌頭、一臉「糟糕了」的表情真是讓我尷尬到想要拔腿就跑，但我沒必要騙她，所以搖搖頭說：

「我是一年級。」

「喔喔！太好了！嚇死我了，我還以為大學生活才剛開始就搞砸了。」

她誇張地拍著胸口表現出安心的模樣。我默默想著，剛才她在課堂上的表現還不算是「搞砸」嗎？

「突然跟你說話真抱歉，我在這裡一個人都不認識，心裡有點慌，所以看到剛才上課坐在一起的人，就跑來找你說話。不好意思，嚇到你了嗎？」

嚇到了。

「沒有啦，沒關係。」

「喔喔，還好。那個，我叫作秋好壽乃。」

她突然開始自我介紹，看來她應該是個自尊心很高的人。

「我讀的是政經系，你也是嗎？」

「不，我是商學系的。」

「這樣啊。可以問你的姓名嗎？」

這種問法真是讓人不好拒絕。

「喔，我姓Tabata（田端）。」

「現在才打招呼似乎晚了點。Tabata同學，請多指教。」

秋好低頭行禮，齊肩的半長髮隨之搖曳。我也同樣朝她行禮。在無法掌握情況時，跟著對方的行動來做多半錯不了。

「對了，那你的名字是？」

「呃……」

我遲疑了。問題不在她身上，她問的事情很普通。

這是我個人的問題，因為我討厭自己的名字。如果我是個美男子，或許會對自己優美的名字感到驕傲，如果我是個渾身肌肉的小混混，或許會對這種名不副實的落差感到好笑。但我兩者都不是，這種要像不像的名字真是讓我說不出口。

但我當然沒有勇氣拒絕回答別人的問題。

「……楓（kaede）。」

真正痛恨自己名字的人聽到了一定覺得這根本沒啥大不了的。

「Tabata Kaede……是田畑楓嗎？」

「田端，開端的端。」

秋好從單肩包裡拿出手機，熟練地操作了一番又放回包包。包包的背帶陷入她的肩膀。

「我記下來了。」

她瞇眼露齒而笑，拿起湯匙，吃了一口擱置已久的咖哩豬排。看完她這一連串動作，我把視線移回自己的盤子，繼續吃起炸魚排。

「我真是餓壞了，上課的時候肚子都一直叫。你該不會聽見了吧？」

「呃……沒有。」

我才不會注意到這種事。

「那就好。我的食量很大，說不定比你還會吃。」

「這樣很健康啊。」

「我在高中時也算踢過足球，可能是因為這樣，所以食量才會那麼大。我現在應該少吃一點了。」

我把那句「也算」擅自解釋成她讀的不是重視比賽輸贏的足球強校，而她認為現在應該少吃一點，大概表示她不打算在大學裡繼續踢足球吧。

「那你有在做什麼運動嗎？啊，不好意思，我問得太多了。」

看來她多少還是會在意別人的想法。有鑑於剛才課堂上的事，我還以為她一定會毫不客氣地穿著鞋子踏進別人的敏感地帶，原來她至少還會脫鞋。

「沒關係啦，我在高中時沒有特別練過什麼運動。」

「你參加的是文藝類社團嗎？」

「是回家社。」

「你在大學也不打算參加社團嗎？」

「可能吧，目前還沒有這個打算。啊，那妳呢？」

「我想參加一些活動，但是包括非正式社團在內，選項實在太多了，讓我不知該怎麼選擇……對了，我對模擬聯合國挺有興趣的。」

「模擬聯合國？」

我疑惑地問道，秋好就興奮地說著「是啊，很厲害吧？」，開始向我解釋何謂模擬聯合國。

簡單歸納一下她的說明，模擬聯合國這個社團是把對國際議題有興趣的人們聚集在一起，分別扮演不同國家的代表，如同在模擬國際會議。原來是這樣。秋好在我心目中的形象變得嚴肅了一點。

「田端同學覺得這個社團怎麼樣？」

「聽起來像是難度很高的TRPG（桌上角色扮演遊戲）。」我沒有理由反對或支持模擬聯合國這個團體，所以隨便說了一個不帶褒貶之意的感想。

「TRPG？」結果換成秋好疑惑地問道。處於這個重複上演的場面，我非得向她解釋不可，所以我盡量不要表現出自己的想法，單純地說明TRPG的意思。

「大概就是在遊戲中各自扮演不同的角色……」

「喔？好像很有趣的樣子！如果讓我選，我想要扮演勇者！」

秋好假裝拿著劍，把沾著咖哩的湯匙伸到我面前。我沒想到她的反應會這麼開心，不免有些愕然。

「模擬聯合國確實有點像那種遊戲。如果你有興趣，要不要跟我一起去參觀啊？」

「呃，那個，還是算了，不好意思。」

拒絕人家的邀請時，不管對方露出遺憾的表情，或是看不出半點遺憾，我都會不太高興。

說是這樣說，其實拒絕秋好隨口提起的邀請已經違反了我的人生信念，但她對我的心思渾然不覺，還是面帶笑容、雙手合十地說「沒關係啦，是我太冒昧了，不好意思」。看來她也很清楚自己個性的優缺點，這讓我對她稍微增加了一些好感。只有一點點就是了。

「沒有啦，我才該跟妳道歉，那個，我沒有不高興啦。」

「是嗎？太好了。我老是動不動就得罪別人。」

我想也是。可是看她個性如此開朗，不像是會在意這種事的人，所以她這副放心的模樣反而讓我很意外。而且我還覺得，像她這種個性的人大概只能在願意接受她的團體裡過得開心吧。

不知道是不是我那句「沒有不高興」讓秋好更加肆無忌憚，她又接著問了我很多問題，我只要是能回答的都會盡量回答，同時也得知了很多關於她的事。

她出身茨城縣，應屆考上大學，目前一個人住，準備去補習班打工，喜歡少年漫畫，喜歡搖滾樂團「亞細亞功夫世代」。

光從這些資料來看，她只是個普通女孩，但是我對她的第一印象就是她在課堂上的那些行為，所以這些資料都被我列為「白目人檔案」收進心底。我也不打算修正我對她的看法，因為沒有必要。

「我先走了，掰啦。」

她下一堂課的教室比較遠，所以必須早點去，我也對她揮揮手，回答「嗯，改天見」，其實我一點都不想再見到她。這不是因為我個性冷漠。

像秋好這種跟誰都能聊天的人很快就會找到更好的說話對象，而且很快就會把用來打發時間的對象給忘了。我以前也曾好幾次被別人用來打發時間，在我看來這只是稀鬆平常的事。

所以我認為我跟秋好不會再扯上關係，也沒必要更深入地瞭解她。

我本來以為是這樣。

結果根本不用等到隔週的星期一。星期四的第四節次，端坐在只能容納五十人的教室裡的秋好一看見我從前門走進來，就立刻朝我揮手，我在最後一排靠窗的位置坐下之後，她還特地移到我旁邊。
「早安，田端同學，好久不見。」
「呃……嗯，妳選了這堂課啊。」
「是啊，一不小心就選了。」
我想秋好應該會和朋友坐在一起，所以選了比較遠的座位。不過，真的有這個必要嗎？
看來我只是白擔心了。
秋好還在開心地聊著她已經找到了補習班的打工時，上課鐘就響了起來。她不像是在等朋友的樣子。
一開始上課，秋好就不再說話，認真地看著前方。我雖沒有那麼認真，但還是朝著前方豎耳傾聽，腦中含糊地想著我和秋好這個人是否應該繼續牽扯下去。
以結果來看，其實根本用不著想。開始上課一個小時以後，我就發現了最重要的一個理由。

我聽見一個聲音。

「對不起，我可以發問嗎？」

這次我同樣不需要找尋聲音的來源。我心想「不會吧」。因為說話的人還是一樣坐在我隔壁，而且我已經認得這個聲音了。

轉頭一看，秋好和上次一樣高舉著手。

這次的講師比上次那位更客氣，立刻就准許她發言，說：「喔，可以啊，既然繳了學費當然要認真上課。妳要問什麼問題？」

「謝謝老師。」

秋好向講師致謝。我可以猜到她會說些什麼，但是猜中之後我卻又後悔自己幹麼要猜。

她仍舊是把發表意見偽裝成發問，用響亮的聲音當著全班的面說出小孩子會有的理想論調。

這次我沒有在心中吐嘈她，只是感到愕然，因為在學生餐廳裡聊過之後，她在我的心中本來已經變得比較像普通人了。

但我驚訝得太早了。某處傳來一句令我不敢置信的話。

有個人說：「這是第幾次了？」

聽懂這句話之後，我非常吃驚。

難道她在每一堂課都做了這種事……？

我想我必須改變一下我對她的認知。

她不是白目的傢伙，而是危險的傢伙。

絕對不能扯上關係的傢伙。

我假裝認真聽課，盡量不要看隔壁那個危險的傢伙。原來如此，難怪沒有任何人想接近她，難怪她會記得我、親熱地找我說話，理由很簡單，因為其他人都比我更懂得提防這個危險的傢伙。

怎麼會這樣呢？現在還來得及嗎？我側目看著秋好跟上次一樣被講師苦笑以對、被同學指指點點，思索著該怎麼甩掉她。

最後我是直接逃走的。我一下課就立刻起身，交出我在課堂上寫好的問卷，沒有看秋好一眼就走出教室。這麼一來大概就沒事了吧。下次跟她碰面應該是在下星期一的課堂，我只要等到快上課時再進去，坐得離她遠一點，下一堂課也這樣做，她就會漸漸把我遺忘了。

這間大學裡還有這麼多人，她沒有理由非得纏著我不可。

所以我一點都不明白她這時為何會追過來。

「咦？為什麼？」

「什麼？」

「……沒事，我正在想事情。」

在不明所以的狀態下，我和秋好認識的時間不知不覺地過了兩個月。星期一的第四節次，我照例和她一起吃遲來的午餐時，才突然意識到這一點。

因為個性的緣故，只要有人主動靠近我，我都沒辦法推開對方，所以我到現在還是會跟她閒聊。

我夾起了來學生餐廳必點的炸魚排，然後又放回盤子上。

「我說啊，妳能不能盡量不要在課堂上引人注目啊？」

「田端同學，我已經說過了，我不是故意引人注目，我只是想要知道答案。」

「從結果來看還不是一樣引人注目?」

這些時日跟她聊下來，我已經明白她除了上課白目一點之外，還不至於惹出什麼禍端。

「而且啊，讓老師知道有學生不同意他的講課內容，對教學來說也有好處。我剛才在上課時也在想，理想論調就是用來表達理想的，而理想不是應該努力實現嗎?為什麼理想論調反而會被嘲笑呢?我覺得用戰爭帶來和平是不對的，應該用和平帶來和平才是。」

她確實不會惹禍，但是和這種人交朋友實在很麻煩。

我懷著不想再聽下去的心情，重新夾起炸魚排。

如果我繼續發表意見，而她不能認同，我就得和她辯論到彼此都能接受為止。我不是擔心自己辯不過秋好，而是擔心我聽了她的反對意見之後又要更進一步地陳述自己的意見，這種事情真是麻煩死了。想必大家都是因為怕麻煩才會對秋好敬而遠之，她不在場的時候我經常聽到別人說她的壞話。

「理想當然要盡其所能地去追求。」

我和平時一樣，在她那雙大眼睛直率的注視下不發一語，默默地吃著沙拉，像是要轉移注意似的。

仔細想想，我之所以兩個月都沒能甩掉秋好，就是因為這樣。

我再怎麼說也是每星期跟她見面好幾次的，所以我可以從她這種麻煩的性格之中感覺到一份純真。

單純白目到讓人看不下去的純真，認為理想可以靠著努力和信念來實現的純真。我會覺得她白目，其實是因為自己也曾有過那種想法，換句話說，我是對過去的自己感到羞恥才會覺得她白目。若是站在遠處觀看，我還可以置身事外地嘲笑她，若是近距離目睹這份純真，我就很難不想到自己從前的白目。

如果我現在跟秋好斷絕往來，鐵定會被她討厭，但是我又做不出那種事。對方主動跟我斷絕關係是最好的，這樣的想法讓我在和人相處時比較輕鬆一些，而秋好不但沒有排斥反而還接受了。結果和她相處了兩個月，連我都開始被別人指指點點了。

這絕對不是我想要的大學生活。

「對了，國際關係研究會怎麼樣？」

「唔……我去參觀過了，好像不太適合我。」

秋好若無其事地笑著回答。我一看就知道是怎麼回事。

他們的成員一定早就把秋好列入黑名單了。因為她老是打斷大家上課，我還親眼看過高年級生當面消遣她。之前提過的模擬聯合國似乎也發生過一些事。

「妳還想去參觀哪個社團嗎？」

「這個嘛，到了三年級會有更多專題，所以一、二年級時最好還是多花點時間努力進修吧。」

秋好說出這話的時候，表情看起來很遺憾。

「如果妳真的很想參加社團，可以自己組一個啊。」

我半開玩笑地說出這句安慰的話，剛咬了一口漢堡肉的秋好就大叫一聲。

「喔！」

「……怎麼了？」

「對耶，可以自己組啊！」

秋好吞下口中的食物，睜大眼睛注視著我。這時我才發現自己說錯話了。

「對耶，我可以自己成立一個社團。為什麼我一直沒想到呢？」

她拿出筆記本，匆匆寫了一些字。

「去找適合我的團體太浪費時間了，還不如創造一個自己喜歡的地方。為什麼我沒有想到呢？真是謝謝你的建議！」

她興奮到臉頰泛紅。

「呃……我那句話不是認真的……」

「要有幾個人才能成立社團？五個人嗎？之後得再去確認一下，總之現在已經有兩個人，所以再拉三個人就行了。」

「咦？妳把我也算進去了嗎？」

「以我和楓的關係，那還用說嗎？」

最近秋好經常直呼我的名字。我想這一定是為了讓懇求和道歉變得比較容易。

我擺出不至於完全澆熄她熱情的厭煩表情。

「自己辦社團很麻煩耶。」

「可以規劃一些我們兩人都能接受的活動內容，這樣就不會有壓力了。活動目的可以訂得籠統一點，啊，可是這樣很像奸詐成年人的作風，我還是堅持自己的信念吧。」

秋好的考量繼續無邊無際地擴展，而我就坐在搖滾區看著這一幕。

「呃，譬如說怎樣的信念？」

「在這四年裡成為自己想要成為的人。」

「喔……」

她說起這種話還是一點都不害羞。在一旁聽著的我倒是比她更害羞，幾乎要露出尷尬的笑容，但我最後還是沒笑。基於禮貌的緣故。

但是我若讓她以為我完全接受了朋友（暫定）的莽撞想法，我就要被迫加入奇怪的組織了，所以我小心掩飾著心中的鄙視，問出了帶有鄙視的問題。

「我一直很好奇，妳怎麼有辦法每天都想著那麼偉大的事情？」

這句話的意思是我做不到，所以不想參加。

「這只是我一個人的事，哪裡偉大了？再說，不是每個人都會對自己的未來有所期許嗎？」

我就沒想過。如果是畢業後的工作我還會想一想，但我可不像秋好一樣每天挖空心思去思考如何達到理想的自我。

「唔……我不太會想那麼積極的事。」

「這算積極嗎？真要說的話，就是因為討厭現在的自己才會想那些事，所以應該算是消極吧。如果我變成了我最討厭的那種大人，譬如只會看人臉色、見人說人話的馬屁精，那我還不如死了算了。」

身為妳的朋友（暫定），我倒是覺得妳若成為那種大人，所有人都會好過一點。

「所謂理想的自己如果是要成為正義使者，那確實很偉大，但我只要能達成小小的目標就好了。譬如說，遵守自己的規則。」

「自己的規則？」

「是啊，像是不亂丟菸蒂之類的。你多多少少也有自己的規則吧？」

她又用那種眼神緊盯著我，我沉默不語，轉開視線，假裝在沉思。

自己的規則嗎……我的確有自己的人生信念，但我不確定該不該說出來。

讓我做出決定的理由是，就算惹她不高興，也只會讓我今後上課不用再受到大家注目。

所以我坦白地對秋好說：

「我也不知道這算不算自己的規則，總之我一直很小心不要和別人太接近，也不要當面否定別人的意見。因為遵守這個原則比較能避免惹別人不高興，從結果來看也等於是保護自己。」

我還能清楚記得秋好聽完我這簡短無聊的發言之後的表情——瞠目結舌。畢竟我的信念和秋好為了成為理想的自己而堅持宣揚自己主張的行為是完全互斥的，她會驚訝得說不出話也很合理。

「……哇，你真體貼耶。」

但是睜大眼睛的秋好說出來的卻是這句話。

「這是因為你不想傷害任何人吧。真沒想到你會有這種想法。搞什麼啊，你超體貼的耶。」

「我不覺得這叫體貼。」

「不，你真的很體貼。哇塞，能這樣想真是了不起。」

秋好激動地頻頻點頭。

我從來沒想過自己會如此受人賞識。

她又用那種直率目光看著我，讓我說不出半句反駁的話。

雖然有些害羞，但我心中的某個角落也開始覺得自己或許真的還算體貼。

「我還是希望你能參加。」

秋好眼中的熱情又增添了一些。

「……我不喜歡引人注目。」

「那就悄悄地做啊，可以找一個你能接受的方式，像是祕密組織之類的。」

「說什麼祕密組織嘛。」

聽到秋好說出這麼孩子氣的詞彙，我忍不住噗哧一笑，秋好似乎有些尷尬，她板著臉轉開視線，兩手在臉前搖晃，說著「只是打個比方啦」。難得看到她這麼慌張的模樣，我不禁又笑了。

「好啦，我會考慮看看。」

「嗯。」

「那妳的祕密組織要取什麼名字？」

我用調侃的語氣問道，秋好噘起嘴巴說「最好是看不出目的和用途的名字」，然後指著我的T恤。

「摩艾。」

這是我不知從哪隨便買來的T恤，胸前印著一個Q版的摩艾像，它的臉朝向側面。

她這馬馬虎虎的態度讓向來避免直接面對任何事的我覺得很愉快。

這一天或許就是改變的契機吧。

之後我更常和秋好碰面，我們之間不再是「暫定」的朋友了。
這雖不是我所期望的大學生活，但我還是過得很快活。
個性被動的我什麼都不用做，秋好就會為我帶來各式各樣的新事物。
某一天……
「楓。」
「嗯？」
「笑一個～」
我們並肩坐在初識的那間大教室裡，秋好突然用肩膀撞過來，一邊叫著我的名字，我不明所以地轉過頭去，她就用數位相機拍了我們兩人的合照。
「嗯？幹麼拍照？」
「這是我剛買的相機，很棒吧？我等一下再把檔案傳給你。」
「妳是在試拍嗎？」
「是啊，先拿身邊的東西來練習比較好嘛。」
秋好用惹人不悅的語氣說道。後來她很守信用地把照片傳給我，畫面裡是訝異看著秋好的我，以及笑容滿面的她。我在那之後也讓秋好拍了很多照片作為摩艾的活動紀錄，但是我們大概沒有再拍過合照。

又有一天……

「我做好了！」

「那是什麼？」

我接過她遞來的東西，那是一個鑰匙圈，上面掛著用塑膠板做成的Q版摩艾。

「很棒吧？這樣就有夥伴的感覺了。要掛在書包上喔。」

「真的要嗎……祕密組織不該搞得這麼明目張膽吧？」

「哎呀，楓，你怎麼還在說這個？算了算了，我自己掛就好了，你就好好地珍藏著吧。」

這時秋好已經固定直呼我的名字了。後來我用這個鑰匙圈來掛自己的鑰匙，但我沒有告訴她。

又有一天……

又有一天……

又有一天……

我注意到秋好的大學生活多半是跟我在一起，所以忍不住問她：

「妳都不和其他女孩子一起玩嗎？」

「我覺得跟男性朋友相處起來比較輕鬆，不用一直小心翼翼的。」

我心想，秋好的身邊說不定根本沒有可以稱為朋友的人，我可以理解，像她個性這麼白目的人在女生的小圈子裡一定很難生存下去。

秋好不太常笑，她要麼是看新聞看到皺眉，要麼是被別人的發言激怒，或是被別人的嘲笑刺傷。我注意到這件事之後，就沒再想過要遠離她了。

我已經能接受她、信任她了。她堅持追求理想和真實的那份青澀和莽撞，正是我所缺乏的特質。

「對了，楓，謝謝你接納了我。」

我們認識好一段時間之後，有一次去逛美術館，她在歸途時突然對我說出這句話。

「怎麼了？」

「你不是說過你為了不想傷害別人所以一直避免和人接近嗎？我起初找你說話的時候，你大可找個藉口拒絕我，但你卻和我成了朋友。如果沒有你，我的大學生活一定會過得很寂寞。」

這時我已經不再會為這種話感到尷尬了。秋好就是一個會想這種事、會說這種話的朋友。

「幹麼突然這樣說？太噁心了。」

「你好過分！怎麼可以說人家噁心！」

直到如今我都還記得當時和她談笑風生的事。

雖然當時笑得那樣歡暢的秋好如今已經不在了。

一早醒來，我就開始想著今天必須做的麻煩事。

因為心情低落，光是爬出棉被好像就會耗掉一整天的精力，令我不禁嘆息。

即使如此，我還是乖乖地換上求職西裝，拿起包包，走出家門。我思索著究竟是什麼動力在驅使自己，大概是社會意識和隱約的不安吧。

我在前往車站的途中買了麵包胡亂填飽肚子，和出門比較晚的上班族一起搭上電車。車內每個穿西裝的人都像是抱著什麼寶貝似地抱著他們的公事包。

電車到了我在這幾個月來過無數次、位於商店街的車站，我不能再像平時一樣放鬆臉部肌肉，因為不知道何時會被人看見，還得盡量裝出愉快的表情。

我走出票閘，用手機確認今天要去的公司的地址，也順便確認了公司名字和他們的業務。因為每天腦袋裡都塞滿了各家公司的資料，所以常常會忘記哪間是哪間。這表示我對那間公司的瞭解少到隨時會忘掉的程度，但是只要回答得體，應該不會被發現，即使被發現了，也能藉此展示我圓場的能力。

我靠著地圖找路，順利地在約定時間的十分鐘前到達了公司所在的大樓。我思索著在這裡工作的大人們是懷著怎樣的心情每天仰望著這棟大樓，猜想這棟大樓應該多少幫他們守住了些許的自尊心。

我挺直腰桿，擠出微笑，走進這座堡壘。我穿過左右對開的自動門，走到寬敞的電梯大廳，發現已經有兩人站在那裡，一個是笑容可掬、年近三十的男性，一個是穿著求職套裝的女性。我一眼就能看出他們一個是面試官、一個是求職生。我最討厭的就是求職生，所以盡量離他們遠一點。

在等待電梯的期間，我還是聽到了他們的對話。面試官一副刻意裝熟的模樣，求職生則是一副諂媚的模樣。我還在想她是不是打算靠女人的本錢求職，電梯就來了，我率先走了進去。

我本來以為那兩人也要進來，結果只見求職生朝面試官鞠了個躬，面試官也回了禮，又跟她客套了幾句，才走進來。他們大概才剛面試完吧。

直到電梯門快要關上時，那兩人都還在講話，讓我很想直接按下關門鈕，最後那位面試官說出了我很熟悉的詞彙。

「摩艾的交流會上再見囉。」

我當然沒有對身邊的上班族表現出任何反應，但心中還是非常不舒服。原來那個女生是我們大學的學生。

面試官在三樓走出電梯，在到達我要去的九樓之前都只剩我一個人。我趁著這個空檔嘆了一口氣，把心中的鬱悶全都釋放出來，接著又挺直脊梁，擺好表情。

九樓一出去就是櫃檯，我帶著笑容走過去，說出自己的名字。

「您好，我是今天要來面試的田端楓。」

櫃檯的大姐姐也擺出了不輸給我的假笑，告訴我等候室的位置。

在等候室裡有兩個學生，臉上都和我一樣掛著看似已經凝固的假笑。
我再一次地感到求職生是多麼噁心的生物。

今天明明沒有做過任何體力上的勞動，回家後卻覺得精疲力竭。
在那之後我還去了另一場面試，以及一場說明會。
我鬆開已經打了好幾天但依然不習慣的領帶，一回到房裡就累得癱在地上，根本顧不得西裝會發縐。我在這三年裡充飽的能量一下子就見底了，正式的求職活動真是累人。
所以那通電話來得正是時候。
我精準地等電話響了三聲才接起來。
「有勞您的關照，我是〇〇大學的田端楓。是的，不不，我才要感謝您前幾天為我撥出貴重的時間。是的，非常感激，啊，是的，以後也請多指教。是是，好的，謝謝您。啊，麻煩您了，非常感謝。」

我掛斷電話之後才發現自己不知何時變成了跪坐，接著又感到全身虛脫，仰躺在地上。我現在不必在意西裝會不會發皺了。

打電話來的是我前幾天去參加最終面試的公司，內容是「請田端先生一定要來敝公司上班」。

也就是說，我得到預定聘用了。

「太好了……」

我直視著天花板喃喃說道，但我的心中並沒有絲毫的喜悅之情。不是因為那並非我最想去的公司，畢竟很少聽說大公司是黑心企業，這已經算是不錯的結果了。不需要再面試讓我鬆了一口氣，但這份慰藉很快就被即將出社會的不安蓋了過去。會說出「太好了」只是因為我能理解得到預定聘用在常人眼中是一件值得高興的事，但我本人並沒有這種感覺。

我本來想仗著五月的溫暖直接躺在這裡睡，但還是勉強爬起來做我該做的事。我換上家居服，走到門後的廚房，從冰箱裡拿出一罐氣泡酒，再回到我的電腦桌。我喀噠喀噠地敲起缺少一個 Shift 鍵的鍵盤，打開 hotmail 信箱，寫信通知幾間面試過的公司，當然也包括今天去面試的公司，說我已經決定就職的地方，必須辭謝之後的考選。

我拉開拉環，喝了一口氣泡酒，試著想像人事負責人看到求職者來信辭謝考選會是什麼心情。我想頂多只是少了一個要刪除的選項吧。這麼一想，我的心情就輕鬆多了。

酒喝了半罐之後，我的視野突然搖晃起來。我不討厭酒，但我的酒力很差，一方面也是因為疲勞吧。我整個人靠在電腦椅的椅背上，再次仰望天花板。

天花板依舊潔白。我抽過一次菸，但是沒有喜歡到成癮的地步。

我突然想起一件事，就拿起手機，傳訊向董介報告我得到了預定聘用，隨即收到「恭喜！」的回覆。有一個相處起來無須偽裝的朋友讓我覺得很欣慰。

我把手機丟在桌上。

然後我模糊地回顧起這段時間的奮鬥。

我覺得求職活動就是不斷地扮演一個不像自己的人，那樣真的很累。

不只是求職活動，出社會之後這種情況一定還會持續下去，我得更加注意才行。我還以為在打工的時候已經練習得很充分了，結果發現打工跟正職根本沒得比。

出了社會之後，就沒有人會再堅持「活出自己」了。只要出了社會就不能再當自己了。

所以董介那句「恭喜！」只代表我闖過了第一關，後面還有更艱難的關卡等著我。我真不知該不該心懷感激地接受。

喝完整罐氣泡酒，我又去冰箱拿了第二罐。

拿著冰涼的罐裝酒回來時，我走得搖搖晃晃，踩到了一張寫壞了的履歷表，差點摔得人仰馬翻，還好我及時抓住椅子，才避免了這種悲慘結局。

我撿起了差點害我受傷的履歷表。觸感光滑得令人不舒服。我本想直接丟掉，但我還是拿著它坐到電腦前。

我仔細讀起用原子筆端正寫下的自介和求職動機：

我不想成為別人，而是要活出自己的價值。

我對夢想和目標很有企圖心，又不至於好高騖遠，會踏實走好每一步。

最讓我高興的就是藉由溝通找出彼此的共識。

我做過怎樣的行動，怎樣的選擇，有過怎樣的功績。

在履歷表上寫過無數次，在面試時回答過無數次的語句。

全都是謊言、謊言、謊言。

當然嘛，我才不是那麼了不起的人。

我雖覺得這樣很愚蠢，但我並不排斥說謊。就是因為發揮出這種生存能力，我才能得到預定聘用。這是讓自己生存下去的伎倆，我沒有做錯。

如果我擁有能讓我活得像自己的能力、外貌或背景，那當然是最好的，可惜我就是沒有。

無所謂。

就算活得不像自己。

我沒有錯。這應該不是錯的。

我沒有錯。
應該吧。
可能是酒精和得到預定聘用的解放感讓我放下了心防，我一直想著平時不會想的事。
因為扮演成另一個人而得到好處。
但這不是我自己的功勞。
今後我得和藉著偽裝而得來的東西一起過完下半輩子。
我得開始過這段令我窒息、令我無法釋懷的人生了。
既然如此，我這二十一年的人生究竟有什麼意義？
我三年間的大學生活究竟有什麼意義？
這又不重要，這又不是什麼大問題，但我卻不停地想著這些事。一定是因為酒精和預定聘用的緣故。
如果我可以不在乎能力、外貌、背景這些東西，如果我可以不玩手段而生存下去。

如果我可以說出理想論調。

這麼一來，我是不是能活得更像自己，是不是能擁有更多想要的東西？

我搖了搖頭。不可能會有這種事。

為了甩開這些無益的念頭，我一口氣喝光了第二罐酒。

但是酒和鑽牛角尖一樣，都會讓人越陷越深。我讓桌子撐住我發熱腦袋的重量，等到桌邊放了四個空罐時，我不只失去了心防，還失去了理性。

我注意到了那個東西。

不是突然回想起來，而是一直放在那裡。

我慢慢抬起沉重的、發燙的腦袋，抓起滑鼠。

移動箭頭形狀的游標，對準螢幕左下角的資料夾。

雙點擊打開，裡面只有一張圖檔。

我手指的顫抖是因為酒精。我以不必要的速度用力地點擊兩次。

出現在螢幕上的是三年前拍的照片。

我用昏沉沉的腦袋和眼睛注視著照片。除了沒有抓髮型之外和現在幾乎沒有差別的我。還有我以驚訝表情望著的、如今已經不在的笑臉。
我不自覺地嘆了氣。
「我說啊……」
發出的聲音比我自己想像得高亢。
「秋好。」
口裡似乎湧出了高黏性的液體。
「妳想要成為什麼樣的人呢……」
這個問題不可能得到答案。
但我真的很想知道當時的秋好究竟在想什麼。我真的很希望她能回答我
——若是活出自己只會一事無成的我。
不對，秋好不會想要成為什麼，她只想要成為自己。她的理想就是這麼
簡單。這就是她。
「都是謊言……」
這句話是對兩個人說的。對自己，以及對秋好。

我想起了大一時的我們兩人。雖然我不願再去回想，回憶卻從心底深處湧出。

剛認識秋好時，我只覺得她是個白目的傢伙，但我後來接受了她的個性，和她成了朋友。我被秋好的理想論調所感化，也跟著萌生了理想。在這四年之間，我一直期待我能找到想要成為的自己。

已經來不及了。

再也回不去了。

我已經落單了。

「如果妳還在的話，情況會不一樣嗎？」

無論我再怎麼叫，她也不會回應了。我們無法再交談了。

我只能被求職活動搞得精疲力竭、喝到爛醉，毫無建樹地結束大學生活。

我無法成為我想要成為的人。我根本不知道自己想要成為怎樣的人。

我還看不到秋好口中的理想實現的跡象，大學四年就要結束了。

正確地說，其實還有十個月。

『明天或許世界就會改變。』

這是秋好說過的話。這句話在我的腦海中清晰地響起，彷彿昨天才剛聽過。我不禁嘲笑自己竟然醉到這個地步。

『如果能找到讓所有人放下槍的理由，明天就不會再有戰爭了。』

妳還說過這種話。

好個天真的理想論。天真至極。

『沒有什麼事情是來不及改變的。』

別再說了。

太天真了。

胸口好痛。

「……難道還來得及嗎？」

我這三年所做的努力。

難道還來得及嗎？

如果真如秋好所說，如果還來得及。

我該改變什麼呢？我想要改變什麼事情嗎？

我根本搞不懂我想要成為怎樣的人。因為秋好已經不在了，所以我再也搞不懂了。

既然搞不懂，就不可能改變。

既然如此，我又能怎麼樣？

螢幕上的秋好正在笑著。

她笑得非常燦爛，和今天的我、和我今天看到的求職生都不一樣。

我突然想起進電梯之前看到的畫面。

和我讀同一所大學、三年大學生活只學到怎麼討好面試官的那個女孩。

「那個女孩是摩艾的成員呢。」

即使我對秋好說話，她也不會回答了。這是我至今最確定的一件事。

如果照片中的秋好聽見我說的話，她一定會很驚訝，說不定還會感到失望和憤怒。

不過，事實就是一切。就是因為有了現在的情況，就是因為當時秋好留下的東西演變成今天那個女孩，所以事實上秋好只是一個騙子。

此時我又為她說的謊而感到悲傷。

我有想要改變的事嗎……

「譬如說，想要改變秋好說過的謊言。」

這只是舉例。

我驅動僵硬的舌頭說出這句話，雖然我目前還沒有任何目標、具體方案或計畫，但我沉痛的胸中卻冒起了火焰。不是熊熊大火，而是靜靜燃燒的火苗。

我大概是在這時昏睡過去的吧。隔天早上，我發現自己窩在客廳的地上，蜷著身體躺在原先坐著的椅子旁。

在還沒爬起來時，在我隱約知道自己是什麼姿勢的狀態下，我發現胸中的火苗仍未消失。

摩艾剛成立時，我們以祕密組織的名義參加過各式各樣的活動。

具體來說，包括世界各地獨家照片的展覽會、反對仇恨言論的作家舉辦的演講會等等，提議的人當然都是秋好。

有一天我們一起去看了一部關於戰爭的紀錄片，在回家的途中，我們隨便找了一間咖啡廳，坐下來討論對電影的感想。等到話題都聊完了，感受到差不多該解散的氣氛時，我向秋好問道：

「今天只是來看電影，不過我們這個團體到底是要做什麼的？」

我很想知道。既然我今後要加入摩艾，我就得先知道秋好準備了怎樣的計畫。

上次去看了攝影展，這次看了電影，光是要我陪她做這些事還無所謂，但她如果叫我去當義工或什麼的，我就不奉陪了。

秋好依然維持著她的一貫風格，誤解了我這個問題的用意。

「唔……我最大的希望當然是消除戰爭，不過在實現這個目標之前先盡量讓世界往好的方向發展吧。」

「呃，我不是要問妳的雄心壯志，而是要問摩艾的展望啦。」

秋好聽到我的糾正有些愕然，然後露出沒什麼含意的笑容，像是不太好意思。

「是嗎……不過摩艾也是一樣啊。」

「一樣？妳是說消除戰爭？」

我的嘴角忍不住露出笑意，但秋好沒有笑。

「做得到是最好的，如果做不到，我希望至少可以減少受苦的人。所以我覺得看看電影增加知識是很有意義的事，或許我們在今天獲得的知識將來有一天會派上用場呢。」

秋好的語氣之中沒有半點敷衍的意味。

她確實誤會了，但我也一樣誤會了。

我們對理想一詞的理解完全不同。秋好的理想沒有範圍和界限，所以她絕對不會搬出「我們只是學生」、「我們只有兩個人」這些理由。

當時的秋好一定相信我們說不定真能消除戰爭。

我完全無法想像秋好的視野有多遼闊。

「也、也好啦，如果有一天真能派上用場的話。」

「我覺得所謂的有一天指的就是隨時。人總有一天會死，誰也不知道那是哪一天，所以一定要多少留下一些想法。」

我想秋好一定不像我，她死後一定能留下很多東西。她一定能達到很多成就，毫無遺憾地過完這個人生。如果是這樣就太好了。

「所以如果我發生了什麼事，你一定要把我和摩艾的信念傳承下去喔。」

「幹麼說這麼不吉利的話。」

「沒人知道什麼時候會發生什麼事嘛，所以每天都要全力以赴地活著。」

在她那直率眼神的注視之下，我忍不住轉開目光，也沒辦法再多說什麼。

如今我已經是大四生了，依然沒有完成當時秋好交給我的奇怪任務。

※

雖說心中已經鼓起幹勁，我卻不知道自己該做什麼、能做到什麼。

所以我的第一步是約好朋友董介出來。一向忙著打工和做專題的董介到了大三的尾聲就如火如荼地展開求職活動，並且比我早一步得到了預定聘用。董介至少表面上不像我這樣避免與人交際，也不討厭踏入新環境，所以我想他一定有更多行動的選項可以提供給我作為參考，此外，我也想直接向他報告我已經結束了求職活動。

相約的地點是疑似靠著我們學校學生遺失的財物才有辦法經營下去的卡拉ＯＫ店。這是我提議的。聽到董介說「我們去唱歌慶祝你獲得預定聘用吧」，我就趁勢提出這個地點。

時間是傍晚，在我下課之後。雖然大四的學分少了很多，但我直到大三都沒有好好地排定計畫，所以只能跟學弟妹們一起認真地上課。即使拿到了預定聘用，如果學分不夠以致延畢的話就太可笑了，所以我現在非得乖乖上課不可。

我本來以為碰上分組報告時只能委屈地跟學弟妹一起做，後來發現班上還有幾個和我一樣混水摸魚的大四生，真是讓我鬆了口氣。所以我們就幾個人一起並肩作戰、努力撐完這些課程。

今天應該也和平時一樣，只要和同學打個招呼，靜靜地坐在座位上，川流不息的時光就會自行從我們的身邊流逝。

快開始上課時，我心中的火苗卻被一陣風吹亂了。

坐在附近的三年級小組中，有位極富責任感又帶點蠻橫的女孩突然大叫一聲「嗄」。因為每間教室的大小不同，所以不會惹人側目的音量也不盡相同。

我就像個不認真的大四生表現出一副不在乎班上學弟妹的態度，此外也是因為我真的不感興趣，所以只是偷偷地聽著。那個大呼小叫的女孩似乎正在生某人的氣。

從她的話中聽來，她把重要的工作交給小組中的某個成員，結果那人卻忙於社團活動而沒有做，而且連個道歉都沒有，只用簡訊告知大家工作沒做以及今天要請假，讓組長氣得半死。對了，今天就是他們那一組要上臺報告。

聽到另一個女生說那人不接電話，只寄簡訊來說『另一邊的事比較重要』，我一邊玩手機，一邊事不關己地想著「這樣做實在不太好」。果不其然，憤慨的組長又發出了怒吼。

「真會給人找麻煩！」

我嚇了一跳，沒想到人類可以發出這麼響亮的聲音。

「那些人光是占據餐廳的位置還不滿意嗎！」

「好了啦，好了啦。」

「搞什麼嘛，那個摩艾真是個噁心的團體！」

教室內瀰漫著若有似無的沉默，上課鐘聲在所有人都感到慶幸的時機響了起來。除了組長之外，整間教室的人都露出了慶幸的表情。

結果他們的小組在這一堂課因為資料不足而無法上臺報告，組長向擔任講師的副教授報告這件事之後，副教授卻以護航的態度說「沒辦法，這陣子大家都比較忙嘛」，組長更是氣得渾身發抖。

下課之後，我覺得有點餓，就先去福利社買麵包來吃。為了打發時間，我傳簡訊給父母報告獲得預定聘用的事，還順便傳給之前打工的地方的店長。

結果我在約定時間過了三分鐘後才到達卡拉ＯＫ店。董介一臉無聊地在門邊玩手機。

「辛苦了～」

我隨口喊了一聲，董介抬起頭來，刻意地癟著嘴。

「喔，斷絕了未來無限可能性的傢伙來了。」

「本來就沒有什麼可能性吧。」

我們胡扯幾句之後就走進店內，裡面果然有幾群看起來像是我們大學的學生，還好其中沒有熟人。

排隊結帳之後，我們在飲料吧拿了飲料，走到二樓的包廂。一打開門就能聞到淡淡的菸味，我不禁又一次地想著為什麼卡拉ＯＫ店遲遲不肯全面禁菸。

我們相隔一段距離坐在沙發上，其實我大可直接談正事，但是既然來到了卡拉OK店，還是先唱歌再說吧。

我和董介都毫不顧慮地選自己喜歡的歌來唱，不管對方知不知道、喜不喜歡。有時覺得對方唱的歌很好聽，就用手機紀錄下來，留待日後再上網去聽。這才是最能享受卡拉OK的方式。

快樂時光過了一個小時左右，董介不知是第幾次起身離席，大概是要去拿飲料。他問我要喝什麼，我回答哈密瓜汽水。

董介走出去之後，我沒心情繼續唱歌，就一邊玩手機一邊等他。飲料吧只有一樓和三樓有，所以我等了好一會兒。順帶一提，哈密瓜汽水只有三樓有。

我逛了幾個只用來瀏覽的社群網站，感到若干的興趣和不悅之後，董介擺出眉頭皺緊、鼻孔放大的表情走進來。我一看就知道，這是他真正動怒時用來掩飾情緒的表情。

「3Q～發生什麼事了？」

「喔，被你發現了。想知道嗎？」

「怎樣啦？」

董介喝了一口自己的可爾必思，朝附有小窗的門望了一眼。我也跟著望去，但是那裡什麼都沒有，也沒看到人。

「可能是我弄錯了。」

「是吧。」

「聽著，我看到別人很嗨的樣子就覺得不爽。」

「你真是個心態扭曲的傢伙。」

我不客氣地吐槽，董介卻說著「no no no」，用戲謔的態度搖搖頭。

「如果是像我們一樣的善良學生或是一群可愛的女孩也就算了，有兩種人最讓我火大，一種是情侶。」

「還有呢？」

「還有很吵鬧的一大夥人。」

「我可以理解。」

我體諒地點點頭，董介就伸出食指說：「對吧？」

然後他說出一句關鍵的話。

「我最討厭的就是不管在校內還是校外都像在自己家一樣瘋的無聊傢伙，那些人掛著學校的名號在外面為所欲為，害我們這些善良學生都跟著被人側目了。」

「喔喔……」

我恍然大悟地點頭。

因為我已經猜到董介口中「像在自己家一樣瘋的無聊傢伙」指的是什麼人。

最主要的原因是董介平日就老是在批評那群人。

第二個原因是我也有同樣的感覺。我對那群人的反感更甚於董介和今天在課堂上氣得要死的那位組長。

至於第三個原因……我擺出一臉厭煩的表情，以免被他看出來。

「摩艾也在這裡啊？」

「是啊，在三樓的大包廂進進出出的，吵死人了。早知道就去一樓了。」

這真是太巧了。

「猜錯的機率是百分之五十呢。」

我調侃地說道，董介板著臉繼續點歌，我也繼續幫他喝采。他唱起了他喜歡的樂團的新歌。

平時的情況應該只是這樣。

平時我碰上那些人也會和董介一樣不高興。碰上摩艾那群人真是大學生活之中最不幸的事。

但今天情況不一樣，甚至可以說是幸運。

因為我已經做了一個決定。

我得和董介談談。

我要談我今後打算做的事。為了讓這三年過得有意義而非做不可的事。

我決定在行動之前先跟最好的朋友說清楚。

為此，我必須先提起那群人。

我們創立的摩艾。董介厭惡的摩艾。

等到董介激情叛逆的嘶吼完畢，放下麥克風時，我下定決心切入主題，開口說道：「那個……」

董介只是睜大眼睛看著我，像是在問：「幹麼？」

「我可以跟你聊些嚴肅的事嗎？」

「真是稀奇，如果是我這種好學生也就罷了，沒想到你也會談嚴肅的事。怎樣？」

我先吐槽董介「你算哪門子的好學生啊？」，才把身體稍微轉向他，留心著不要把場面搞得太嚴肅，說道：

「你很討厭摩艾吧？」

「是啊，真想叫他們滾回復活節島。」

「其實那個組織……」

裝出無奈笑容是活到二十一歲的我最拿手的伎倆。

「是我創立的。」

「真的假的！你竟然創立了那個自以為是又噁心的組織！我還以為你是個

更隨便、只要每天過得快樂就別無所求的傢伙，我真是看錯你了！」

「呃，抱歉，我是說真的。」

正在假裝發火的董介臉上抽搐了幾下，鬆開盤起的雙臂。

「沒、沒關係啦，就算你是那個邪惡組織的老大，我們的友情也不會改變，我會為了正義而親手把你解決掉……幹麼裝出那種臉？」

「是真的啦。」

「……啊？」

「是真的，正確地說，摩艾是我和一位已經不在的朋友一起創立的。」

「……你到底在說什麼？」

董介像是突然傻了，用白眼瞪著我，但是看到我正經地直視著他，他才發現我不是在開玩笑，尷尬地稍微轉開目光。

「這是有原因的啦。」

「……那我就姑且聽聽看吧。」

董介擺出一副就算聽也只會聽一半的架式。雖然他表現出這種態度，但我知道他是個很體貼的人，一定會認真聽完我說的話。

我毫不顧忌地說出了我和摩艾的關係。

這是我第一次對別人說出這件事。

因為是第一次，所以我只簡單地列出重點。

首先是關於摩艾的現狀。

如他所知，我和秋好創立的摩艾在失去了創始者之後依然繼續運作。

但現在的摩艾已經不是我們當初創立的摩艾了。

創立初期的理想——「成為想要成為的自己」，以及所有活動都必須經過全員同意的原則都不存在了。我不知道詳細情況，總之原本的組織已經完全變質，卻仍繼續存活著，還成了校內一大組織。

事情為什麼會變成這樣呢？

摩艾是從兩個人的口頭約定開始的。我和秋好在尊重彼此意見的原則下參觀資料館、出席演講會、當義工，我們所有的活動都是出自無關利益的理想。

摩艾會變成現在的樣子有很多原因。

因為看在旁人眼中，這個組織似乎只顧著玩，所以很多人對它感興趣，成員變得越來越多。

因為我們兩人用來自我滿足的這個組織，因著某個契機得到校方的好評。

但這些都不是最重要的理由。

因為秉持著理想而活的唯一領導者永遠不會回來了。只是因為這樣。

一個失去領導者的組織脆弱得出人意料，摩艾一天天地腐化，變質越來越嚴重，最後連目的和活動的意義都改變了。這個組織不再追求理想，只是為了各自的利益而聚集在一起。

結果開始有人受到這個團體的排斥。那就是我。

對於已經變質的摩艾而言，期盼恢復過去崇高理想的我就像是一顆絆腳石。

所以我最後離開了摩艾。

其實說起來也沒什麼大不了的。

「因為沒什麼大不了，所以我一直沒把這些事放在心上。」

我深深吸了一口氣。

「但是我現在找到了工作，就像你說的決定了未來，我就開始回顧從前的事，也因此想起了摩艾創立之初的事。剛好你今天提到摩艾，我就說出來了。」

其實我從一大早就開始醞釀說出這件事。

董介不知道在想什麼，一直默默地、認真地聽著我說話。隔壁包廂傳來了我們高中時代很流行的樂團的歌。

「我一直瞞著你這件事，對不起。」

董介聽到我道歉，板著臉抓抓頭說：

「不會啦，沒關係。」

他明明掛著一副不知所措的表情。

「我也該道歉，因為我常常批評你創立的團體……不對，這都是你的錯，誰叫你只是默默聽著，都不把真相告訴我。」

董介一改前態，露出了輕鬆的笑容，接著又皺起眉頭說：

「嗯，沒錯，你錯得比我更多。」

「呃……嗯，是啊，如果惹你生氣了，我真的很抱歉。」

「不是啦。聽完你這番話，我更討厭那群人了。就算那是我的朋友創立的組織，我還是沒辦法對他們有半點好感。」

聽到他這坦誠又體貼的發言，我笑著搖手說：

「那就不是我的錯了。現在的摩艾和我一點關係都沒有，所以你對他們是喜歡還是討厭都無所謂。」

「你真的無所謂嗎？」

「是啊，怎麼了？」

「你不生氣嗎？是那些人把你趕走的耶，就是現在摩艾的那群人。」

我覺得為這種事情生氣也沒有用，但我理解董介的意思。因為理解，所以我謹慎地回答：

「唔……我還不至於生氣啦。仔細想想，我好像從來沒有生過他們的氣。

因為離開之後我很失望，所以我才懶得管他們，頂多只是覺得不屑。」

「跟你一起創立摩艾的朋友……那個……」

對著欲言又止的董介，我盡量故作輕鬆地笑著說「已經不在世上了」，他喃喃地說了一句「抱歉」。他真是個好人。

「沒關係啦，對了，我今天提起摩艾的事還有另一個理由，我很想為當初一起創立摩艾的朋友做些什麼，所以希望可以借用你的智慧。反正求職活動也結束了，我現在多的是時間，畢業論文只要應付一下，畢得了業就好，我希望在最後的大學生活為別人做些事情。」

「什麼嘛，你真有義氣耶。」

「就是說啊。你有什麼辦法嗎？」

董介「唔……」地沉吟著，但我後來才發覺他可能不是在想點子，而是不知道該不該說出心裡想到的事。這個想法讓我不禁發笑。

「依照你的個性，你一定會說要打倒摩艾那些傢伙吧。」

我這麼一說，董介就裝出一副盤算著奸計的表情，朝我探出上身。

「依照我的個性，如果自己被趕出來，再加上要為已經不在的朋友討回一口氣，我一定會趁著畢業的機會解決掉那個組織。」

「怎麼解決？」

「我還沒想清楚，不過現在要再搶回來恐怕不容易。」

的確，要搶回來大概是不可能了。即使摩艾已經因為利益薰心而扭曲，終究還是發展成一個龐大的組織了，現在的摩艾可不是一兩個人鬧著玩的小社團。搶回來，或者說是占領，意思就是要把整個組織變成自己的東西，想要立刻取代現有幹部獲得整個團體的支持想必不容易。

我思考了一下，直視著董介的眼睛說：

「我看這樣好了，乾脆讓他們停止活動。做得到嗎？」

「唔……你剛才也說過，組織是很脆弱的，或許會有一些方法可以做到。」

「方法啊……」

就算真的有方法，像我這種小人物真的做得到嗎？更重要的是，我真的想這樣做嗎？

「我只有想過要怎麼讓摩艾改頭換面，但我覺得真的做了一定會引發爭執。」

「這樣啊……也可以弄倒他們之後再成立新的摩艾啊。你就從學弟妹中找些支持者……啊，當然是用原先的理念。」

如果這樣做，就能避免秋好說的話變成謊言了嗎？

「我也可以擔任祕書啊。」

「不用了，我不想把你拖下水。」

「你可別把我排除在外。」

「你也要參與作戰嗎？」

「看你吧，如果你願意的話，我當然會幫忙啊。」

推翻現在的摩艾，創立新的摩艾。

我認真地思考著這個提議。

除掉那個遠離了理想、變得扭曲的團體，再一次建立理想的棲身之所。

要說是誰的棲身之所嘛，那就是和秋好有著同樣理想的人。

我有些猶豫，心想秋好知道我這樣做真的會高興嗎？

話雖如此，我心中的天秤還是漸漸偏向某個決定。

在朋友的鼓勵之下，我開始覺得在大學生活之中偶爾一次試著順心而為也不錯。

或許也是因為偽裝成不是自己的模樣太累了。

所謂的理想就是不顧現實、只以感情去描繪未來。此時我的心頭浮現出和某人同樣天真的想法。

「也好啦。」

「嗯？」

「……試試看吧。跟摩艾，試著戰鬥看看。」

我在回答時刻意地頻頻停頓。

「喔，這樣啊。」

「……但是可別搞出會害我們被取消預定聘用的事喔，不要太勉強，一定要在合法的範圍內。」

「那我們就是和邪惡組織戰鬥的祕密聯盟了。真帥。」

董介表現出一副躍躍欲試的樣子，讓我覺得找他討論摩艾的事真是過意不去。

「如果你不想做了隨時可以停下來。」

「喔，沒關係啦，反正我現在很有空，而且我最愛這種以寡擊眾的情節，早就想試一次看看了。這就像《二十世紀少年》一樣啊。」

董介的這番話應該是要我別介意，但是看到他那鬥志昂揚的笑臉，我不禁懷疑他這話是認真的。

※

就算決定要作戰，我們也不能直接跑去跟人家吵架，所以第一件該做的事就是蒐集情報。

我離開摩艾之後就跟他們沒有聯繫了，只是稍微聽說了一些他們的事，所以現在必須調查具體的活動內容，以及跟組織相關的事。

去過卡拉ＯＫ店之後，董介就一起到我家蒐集情報。

首先是看看他們的網站。因個人情緒這種簡單理由而對摩艾敬而遠之的董介在我背後看到螢幕上出現那些積極進取的文字和照片，就發出了「嗯」的聲音。

因為董介對他們很反胃，所以由我來調查網站。簡明易懂的首頁刊載了摩艾的主要活動內容。

我已經大概知道這是一個以求職活動為主的團體，看來他們的活動內容比我還待在裡面的時候更具體，也更狹窄。我仔細地讀了首頁的文字。

摩艾現在的活動基本上是以交流會為主，那絕對不像我們今天看到的只是租下卡拉ＯＫ大包廂玩樂，而是在嚴密管理之下為了利益而召開的聚會，他們稱之為交流會。

交流會的參與者包括摩艾的成員、大學的畢業校友，以及校友認識的企業家，他們聲稱這是「知識和創造力的邂逅」。他們說些什麼「培養獨立思考」、「不同領域之間互相激盪」之類的理由讓學生和社會人士進行對話，但是從網頁列出的社會人士經歷、所屬企業，以及學生們的就職狀況就能看出這根本是個規模龐大的走後門活動。

「明明是為了利益交換而邂逅，對吧？」

已經恢復常態的董介在我背後厭惡地說道，不過這種交流會似乎是極受歡迎的盛大活動，每次都有將近五十位摩艾成員和幾乎一樣多的社會人士參加。網站上還刊登了很多張學生在寬廣會場裝得一臉認真地聽講的照片，就連在學校裡交遊不廣的我都在裡面看到了幾個認識的人。活動預告寫明，他們下下週末又借了大禮堂來辦活動。

如果問我對此有什麼感覺，我頂多只是覺得這樣才不叫「成為自己」，除此之外，我又一次地覺得「沒想到摩艾在短短幾年內就變了這麼多」。

除了交流會之外，摩艾還頻繁地召開較小規模的討論會和座談會，但這些似乎是內部活動，網頁上沒有登出照片。

我又回到首頁，看看選單，從最上面的理念、畢業生就職資料……一個一個看下來，完全找不到有用的情報。網站上沒有任何關於成員的事，大概是為了保護個資吧。

「唔……這些人果然不會輕易透露我們想知道的資料，不愧是邪惡組織。」

董介啃著他買來的美味棒，盯著螢幕說道。

「咦？這是什麼？部落格嗎？」

「不要用美味棒指著螢幕。」

我一邊制止董介，一邊望向他指著的角落，那裡貼著一個連結圖，上面寫著「摩艾日記」。我心想「為什麼不是日報而是日記？」，一邊點下連結，畫面跳到用藍天當背景的清爽部落格頁面。看起來確實不像日報。

我捲動捲軸，讀起最新的一篇日記。

『大家好，我是阿天。』

我正在看這行字，董介就喃喃說道「好像是我們系上的人」。

「你認識他？這個阿天是綽號嗎？」

「是啊，有個跟我很要好的學妹加入了摩艾，她好像有提過這個名字。」

「這樣啊……」

還好董介沒有因為討厭摩艾而遷怒到其他人身上，讓我安心了不少。雖然我的安心是因為別有用心。

我繼續讀著日記。這篇用了一大堆表情符號和貼圖文章是在描述某場慶功宴的情景。我還在想「看起來好像很愉快」，董介隨即不屑地說「好像很愉快嘛」。

「明明搶走了人家的摩艾。」

「我想他們應該不覺得那是搶來的吧。」

「只有被欺負的人記得，欺負人的卻不記得，這樣感覺更過分。」

「說得也是。」

我點點頭，繼續把捲軸往下拉，發現這些日記是由幾個人輪流寫的，內容全都是普通的感想。找不到任何有用的情報。無論是對我們，或是對單純想要瞭解摩艾的人來說都一樣。

「對了，你說跟你很要好的學妹加入了摩艾。你不排斥嗎？」

「她是個好女孩，叫作阿碰，是從愛媛來的。」

「這綽號聽起來真吉利。就像『碰果汁』的『碰』代表著『日本第一』（nippon ichi）。」

「真的假的？我還以為『碰果汁』的『碰』指的是椪柑耶。」

沒想到董介竟然不知道這件事，我才覺得驚訝咧。

「對了，沒有看到你那個叫阿碰的學妹寫的文章耶。」

「喔喔，她好像不算正式成員，只是因為朋友加入了才跟著去，大概是因為在那裡比較容易認識畢業校友吧。我不太喜歡這種半吊子的態度，不過她除此之外真的是個好女孩。」

「你一直說她是好女孩，難道你看上人家了？」

「才沒有。她已經有男朋友了，從高中就開始交往的。我遇到的可愛女孩多半都已經被別人吃了。」

董介說出悲傷的結論之後，像是洩憤似地狂喝起寶特瓶裝的檸檬茶。

接下來我一直認真檢查網站的每個角落，想要蒐集關於摩艾的情報，結果還是什麼都找不到，正想打開 YouTube 逛一逛，一直在玩手機的董介突然提議說：

「啊，對了，要不要跟阿碰見個面？或許可以問出成員的事。」

「喔喔，就是你剛才說的那個被吃了的女孩？」

「別亂講，她只是普通的好女孩。她正好傳簡訊給我討論專題的事。她是我們小組的副組長。」

「喔……」

我考慮著董介的提議。

「如果跟她見面，會不會暴露出我們想要搞垮摩艾的企圖？」

「不用擔心啦，她又沒有很支持摩艾，而且我們可以用其他理由約她出來，不著痕跡地隨口問起摩艾的事。」

「這樣啊……」

我的人生信念已經被這三年培養出來的社會性給壓過去了。

「也好。那就麻煩你去約她吧。」

「沒問題。」

我把任務託付給可靠的董介，他當天就跟阿碰約好下週一見面。董介的人脈比我寬廣多了，如果不是有他的幫忙，我一定找不到通往摩艾的捷徑。我不禁對他充滿感激。

趁著好友忙著預約時，我在社群網站上搜尋摩艾，找到幾個在使用者名稱裡註明自己是摩艾成員的帳號，我一個個地看下來，看到的都是在炫耀自己的大學生活過得多積極的照片和文章，讓我非常反感。摩艾的活動又不是用來表演給人看的。

我繼續搜尋，又找到了一些批評摩艾的意見。幾乎全是我們大學的學生，但也有看起來像是社會人士的帳號。

我心想，情況很有利。

去過卡拉OK之後，我和董介已經簡單討論過個人對抗組織的戰略，而我們討論出來的最快方法就是負面新聞和網路抨擊。因為被爆料而受到網友圍剿是常見的事，又可以很輕鬆地隱藏消息來源，重點是有多少人想在這團火上繼續倒油，以現在的情況來看，這招或許行得通。我一邊看著那些不知是真是假、對於我創立團體的批評，一邊思索。
這些口誅筆伐多多少少也鑽進了我的心。
行動方針已有粗略定案，那天董介和我還在我家打了很久的電玩遊戲才解散。
到了隔週。
在距離大學有一段路程的咖啡廳，我伴隨著古樸的鈴鐺聲走進店裡，在最裡面的座位找到了董介。從我的角度只能看見他的後腦杓，而他的對面坐著一位嬌小的女孩，那位應該就是阿碰吧。
以前董介約我來過這間店幾次，這個地方既符合他意外迷戀昭和風格的嗜好，也滿足了我盡量不想碰到同校學生的心願。順帶一提，這裡離阿碰的家也很近。
我抬手走過去，董介也朝我舉起手。阿碰注意到了，也轉頭看我。她有一張圓臉和一雙渾圓的大眼睛。這下子我明白為什麼董介會想到椪柑了。不知道這樣想算不算失禮。

「不好意思，董介，我遲到了。」

「喔，沒關係沒關係。妳看，這位就是在校園裡對妳一見鍾情的楓。」

「咦？真的嗎？真頭痛啊，我好像很容易吸引年紀比我大的人呢！」

阿碰把雙手按在臉頰上，歪著腦袋開心地笑著。二十一年的坎坷人生經歷讓我光從阿碰附和董介玩笑話的表情就能判斷出她是個好女孩，所以我用手肘撞了一下董介，吐槽「你在胡說什麼啦」，然後觀察著阿碰的表情。她笑著朝我鞠躬幾次，說著「沒有啦，不好意思。初次見面」。

「初次見面，我是田端。我才該向妳道歉，明明跟妳不認識還冒昧地拜託妳幫忙我寫畢業論文。」

「不會啦，只要你不嫌棄，要填問卷什麼的都沒問題！」

我和董介談過之後，決定對阿碰使用這個藉口。看到她真的相信了，還這麼熱心地提供協助，我不免有些愧疚。

我點了冰咖啡，然後說了些開場白，也就是為了和阿碰混熟而跟董介抬抬槓、聊聊他們的專題。她也很捧場地跟董介一起抬槓，愉快地說著從今年春天開始的專題有一個很厲害的老師。從這些行為可以看出她至少在表面上是個好女孩。

看看時機差不多了，我就拿出週末準備好的資料。雖然只是個藉口，我還是準備得很周全。

我拿著筆記本，問了阿碰幾個很像商學院畢業論文會問的問題，她也認真地一一回答，完全沒察覺到我對她天真無邪的表情和嬌小身軀上格外顯眼的胸部之外另有企圖。

「我要問的就是這些了。謝謝妳。啊，今天我請客，妳想再點飲料或甜點都沒問題。」

「那我就恭敬不如從命囉，我要點一個蛋糕。」

「請請請。」

我望向不時用溫柔目光看著阿碰的董介，心想在這種時候會乖乖讓人請客的女孩必定很得年長者的歡心。

阿碰點的起司蛋糕和我的第二杯咖啡送來時，董介就切入了今天的主題。

「對了，阿碰，妳最近有乖乖地去社團嗎？」

「沒有。」

阿碰回答「我只是幽靈社員啦」，一邊撕開起司蛋糕周圍的包裝紙。

「如果我加入的是靈異類社團就更完美了。現在我忙著做專題和打工，今年也要開始準備求職活動了……啊，如果學長有什麼門路一定要介紹給我喔。」

阿碰裝出邪惡的表情，但她像隻可愛的吉祥物，這種表情跟她的娃娃臉一點都不搭。

「與其拜託我們還不如去拜託別人，妳不是參加了某個團體嗎？可以去找他們啊。」

董介巧妙地帶入話題，阿碰皺起臉說：

「喔，你說摩艾啊，我在那裡才真的是幽靈社員。也對，他們最近又要辦活動了。唔……真不想去，那個團體實在不適合我的個性，但是既然有資源就好好利用吧。」

阿碰猶豫地說道。

「不適合？」

這句話是我問的，若是讓董介來問多半會無疾而終，而且我也想要搞清楚阿碰為什麼會露出那種厭惡的表情。如果單刀直入地詢問或批評摩艾，說不定會讓她感到不愉快。

阿碰說出了像是董介會說的話。

「我陪朋友去過一兩次，但我實在不喜歡那裡，總覺得那些人都是一副『朝著未來邁進吧！』的調調。」

「啊，我也是耶，不過妳為什麼會這麼想？」

「喔喔，太好了……唔，因為這樣感覺很遜，不是嗎？」

幸好阿碰對摩艾很不滿，這樣她就會毫無顧忌地供出摩艾的情報。不過我真沒想到她會覺得摩艾很遜，這個答案讓我很感興趣。

「很遜？怎麼說？」

「有目標是一件好事，可是，該怎麼說呢？摩艾舉辦那些活動的理由是

『成為自己』，聽起來好像很積極進取，但去過那些活動就會發現只是卑躬屈膝地對社會人士陪笑臉，所以我才覺得他們很遜，用摩艾的話來說，這樣只會變得越來越不像自己。但我也不想否定那些人啦，我多少可以理解他們的想法。」

阿碰苦笑著繼續說「總之我最好還是去參加」。她的意思大概是要為求職著想吧。

我則是完全否定了那些人。我知道自己準備做的事有何利弊，但是這件事我非做不可，所以我只能繼續往前行。

「妳是為了這些活動才加入摩艾嗎？」

阿碰一邊吃著起司蛋糕，一邊點點頭。

「我有個好朋友先加入了摩艾，我是被她拉去參觀的。不過對摩艾來說，我的朋友和我都跟死了沒兩樣。」

董介覺得有趣地說「真是相親相愛的兩隻幽靈」，阿碰笑著回答「我最喜歡會吐槽我的學長了」，還拋了一個媚眼過去。他們兩人感情真好，但董介若真的對阿碰有意思，這種關係就太悲情了。我由衷希望事實不是如此。
「跟我們同一屆的不知道都是怎樣的人……」
我自言自語般問道，阿碰依然忠實地回答：
「大四代表的領導者叫做阿廣，我在餐廳看過那個人的身邊圍繞著一大群女生。」
「跟後宮一樣。」
董介隨口附和，阿碰回答「就是說啊，真讓人羨慕」。
「那人似乎是個很優秀的領導人物。詳情我不太清楚，好像是會清楚記得每一個成員的事之類的。」
優秀的領導人物嗎……聽起來跟某人截然不同。
「不過我們只是打過招呼而已。」
「妳還認識其他人嗎？」
「有一個叫阿天的，幾乎每次都在活動中擔任司儀，他很會講話，但感覺有點輕浮。我去參觀時他曾經幫我做過介紹，他在摩艾裡的地位似乎挺高的。」

「社團裡面還有分什麼地位？如果是我和楓一定爬不上去。」

阿碰裝出輕蔑的表情看著開玩笑的學長，苦笑著說「我想也是」。

「我不知道這是不是出自他們的意圖，但任何組織擴大之後都會出現權力鬥爭吧。還好董介學長只是待在小小的專題小組。」

「妳還不是也在那個小小的小組裡。」

在他們兩人互相取笑時，我因阿碰的發言而有所領悟。從某個角度來看，我被趕出摩艾就表示我輸了這場權力鬥爭吧。在摩艾的規模還小的時候絕不可能會有這種事。

「還有，我沒有特定指誰啦，總之摩艾裡面有很多狂熱信徒，這點讓我很不舒服，所以我實在不想接近他們。」

「狂熱信徒？什麼意思？」

「要怎麼解釋呢……你若看到阿廣的那些粉絲就會明白。信任領導者是好事，但若到了崇拜的地步就很噁心了。要說噁心還有另一件事，應該不是那些人的問題啦，總之我去參觀時，他們還放了宣傳摩艾有多美好的影片給我看。」

「這樣確實很噁心。」

董介表現得跟阿碰一樣反感。

「順便問一下，妳是怎麼看待我的？也是崇拜嗎？」

「就是個可以利用的對象吧。」

阿碰對董介的每句閒聊都回以有趣的反應，看得出來她這人確實很好。

不只是偶像崇拜，還加上過度推銷……或許所有的大團體都是這樣吧。只要把誰捧上了神一般的地位，遲早會演變出扭曲的價值觀。

「說利用也太過分了吧？假如我去協助妳的求職活動，是不是能挽回身為學長的尊嚴？譬如在摩艾的活動上支援妳之類的。」

看董介一個勁地閒聊，沒想到他會突然提出這個好建議，我還很失禮地以為他情緒不穩定咧。總之能找到打入摩艾的機會真是太好了。

「董介學長能一起去當然是最好的，這樣他們就不會來糾纏我了。啊，還是會被董介學長糾纏就是了。」
「意思就是妳覺得董介很囉嗦吧。」
我忍不住插嘴了他們兩人的抬槓，阿碰一聽便笑了出來。
「沒關係啦，我和董介學長就是這種交情嘛。我真的覺得董介學長一起來比較好，只是不知道這樣會不會影響到學長的畢業論文……而且學長不是討厭摩艾嗎？」
「都到這個時候了，如果荒廢一天就會搞砸，那我不管再怎麼努力都會搞砸吧。我確實討厭摩艾，但我還沒有真正地去瞭解他們，所以等到瞭解之後再來討厭比較好。」
「喔喔，我最尊敬學長的就是這一點。」
「好！我在畢業之前一定要讓妳崇拜我！」
「如果真的發生那種事，就請田端學長一刀了結我的性命吧。」
阿碰正經八百地對我這麼說，我也忍不住笑了。董介和這個女孩與其說是學長學妹，更像是一對不需要顧慮太多的好朋友。

我不知道這對董介而言有何意義，但我真的很羨慕。
我羨慕他還有個好朋友在世上。
感傷也得適可而止，但情緒總是說來就來。
不管怎麼說，總之我們進攻摩艾的小隊新增了阿碰這位領航員。

※

那一天，我坐在秋好家的地板上吃著沙拉口味的百力滋餅乾棒。
我今天會來她家，是因為發現了我們在不同時段上的中文課有相同的作業，所以想和她一起寫，但我才寫了一點就覺得很累，便吃起了餅乾棒。順帶一提，選擇在秋好家寫作業是因為我懶得打掃自己的房間，所以秋好主動提議：「那要不要來我家？」
「……好，摩艾第一屆增員會議開始！」
坐在桌子對面盯著作業的秋好突然宣布開會。看來她寫作業也寫膩了。
「妳還沒死心啊？」

「我還是覺得有校方的認可比較好辦事。」

秋好朝我伸出手，我就把整盒餅乾棒遞給她。

「謝謝。只有兩個人不是不行，但是有多一點想法不同的人不是更有趣嗎？」

我心想如果再來幾個思考模式像秋好那樣跳脫的人不知道該怎麼辦，所以只是敷衍地回答「喔喔」，眼睛依然盯著作業。

「這麼一來妳會更累喔，當了社團代表一定會增加很多工作。」

「喔，對耶，如果要成立社團就得選出代表。也可以讓你來當啊。」

我心想「開什麼玩笑」。

「我才不想擔責任，還是算了。」

「也不是一定要我們兩人來當啊，我們可以找個比較有責任感的人加入，但是最好不要太嚴肅。」

我又把手伸向秋好面前的餅乾棒。

「如果只需要坐著吃餅乾是最好的。」

「就是啊。算了，無所謂啦。」

這只是一段稀鬆平常的閒聊。

但我或許就是從那時開始認定秋好是摩艾唯一的領導者。

※

董介拍著胸脯說「喬裝的事就交給我吧」，到了潛入交流會的當天，我穿上了夾克、圍巾，以及無度數眼鏡。

「真不錯耶，楓，你可以直接穿這樣去下北澤。」

「你是在稱讚我嗎？」

穿著筆挺西裝的董介笑著拍拍我的肩膀。那大概不是稱讚吧。

今天是我們首次對摩艾發起具體行動、值得紀念的一天。為了挖出他們的負面新聞，我們要潛入調查。

話雖如此，要進入會場的只有董介和阿碰，而我可能會被摩艾的人認出來，所以負責在會場外偷聽參加者的對話。

決定待在會場外是因為摩艾的人在會場外一定比較鬆懈，有可能洩露重要的情報，但董介說既然要喬裝，最好不要穿自己平時的打扮，結果就把我搞成這樣。纏在脖子上的圍巾真是令人氣悶。

我們告訴阿碰今天只有董介會去，之後我再假裝和他們巧遇，一想到要穿成這樣去見阿碰還真讓我有些猶豫。

此外，董介會隨時用簡訊向我報告會場內的情況。

今天的交流會是在校內的大禮堂舉行，內容包括下午一點到五點的討論會，還有晚餐時間的慶功宴，董介只是跟著阿碰進去的非社團成員，所以只能參加下午的討論會。這些情報都是阿碰在事前的說明會中得知的。

「他們還真是幹勁十足呢。」

在離學校稍遠的摩斯漢堡裡，董介看著資料喃喃說道。他正在看這場活動的介紹手冊，那本手冊印刷精美，還是全彩的，品質高到不像是學生社團的成品。

「想必是砸了不少錢。」

「阿碰說過，有人出資在摩艾裡做宣傳。你看，手冊後面還印了一些公司的名字。在你那個時代還沒有吧？」

「誰會贊助只有兩個人的小社團啊？」

「說得也是。」

如今的摩艾或許會說和社會人士協商與合作也是自我磨練的一種方式，不過這樣根本不是摩艾，只是一個培養社會人士的團體。

「讓你一個人進去真是抱歉。」

「沒關係啦，這也是為了我的學妹，而且我們已經決定要作戰了，我才不想在這時踩煞車。」

董介老是愛裝出這種邪惡的樣子。

「先不管我們的目的，能讓阿碰認識一些畢業校友也是好事。」

「是啊，雖然我想要保護她免於邪惡大人的毒手，但我也分不出來誰是善良大人誰是邪惡大人。」

「我想應該沒有幾個善良大人吧，隨時把照子放亮就對了。」

我們都還沒出社會，當然不太瞭解社會人士，但是對於一直活得不像自己的他們來說想必是無所謂好壞吧。

「好啦，我差不多要出發了。」

董介像上班族一樣看看手錶，站了起來。我也望向時鐘，快到董介和阿碰相約的時間了。

「我一進會場就會發簡訊給你。晚點見。」

「喔，小心點。」

「我開始興奮起來了。」

董介笑著拿起包包，走出摩斯漢堡。為了不讓摩艾相關者發現，我要晚一點再去會場附近。外面的天氣很晴朗，這麼好的日子真不適合喬裝打扮去推翻討厭的組織。

剩下我一個人之後，我一邊喝香草奶昔一邊玩著手機。香甜冰涼的飲料流進我的喉嚨。這是秋好最喜歡的飲料，她每次來摩斯漢堡都一定要點香草奶昔。

我發現，飲料雖然冰涼，卻點燃了我的鬥志。
我要奪回理想。為了秋好。我再次下定決心。
在等待的期間，我聽到後面的女生們說「只是穿得比較帥罷了」，才剛鼓起鬥志的心因懷疑她們是在說我而動搖時，董介正好傳來簡訊。他已經和阿碰會面，順利地進入會場。開場十五分鐘之後，摩艾的重要人物一定都進入會場了，所以我要等到那時再過去。
說是這樣說，其實在學的學生之中幾乎沒人認識我，我該提防的應該是已經畢業、被邀請來參加交流會的社會人士，也就是在日漸茁壯的摩艾裡投入大量燃料的那些人。就算不是擔心被他們認出來，我也很不想見到他們。
後面女生們的笑聲讓我意識到了自己的過度敏感，但現在可不是為了這種無聊事消耗精神的時候，所以我戴上 iPad 的耳機，用音樂遮住那些雜音。這麼一來就不會被外界拉走注意力了。我向來堅守不輕易和別人接近的信念，這不只是指心理和物理上的距離，更重要的是減低別人對我的影響，也減低自己對別人的影響，如此才能保護自己和別人。

大概聽完三首歌之後，我的手機發出了震動。

『快開始了。人比我想像得多。』

我想像著董介躍躍欲試的模樣，還有帶路的阿碰看著他的模樣，不禁覺得很有趣。

『收到。我也要出發了。』

我起身時，平時很少穿的長夾克百無聊賴地搖曳著。

現在雖然是春天，陽光卻很毒辣，難得戴的帽子正好派上了用場。董介是騎電動機車去會場的，我也可以騎自行車去，但是穿著不習慣的鞋子騎那麼遠只是在折磨自己，所以我搭了兩站的電車。

我在平常不會去的車站下了車。會場雖然在我們大學裡面，但是那邊和我平時會去的教室距離很遠，差了足足一站。坦白說，我從來不曾踏進那一區，因為我在大學裡都只去必須去的地方。剛入學時我還很興奮地想著這麼大的地方都屬於我了，事實上我的行動範圍和高中時代根本差不了多少。

電車裡很空曠，到站之後，放眼所見像大學生的幾乎全是穿著運動服去參加社團活動的人。有些課程開在週末，但幾乎沒有學生會選週末的課。

我踏出車站，走進大學的校門，還一邊注意著不要太接近身穿西裝、可能是要去交流會但有些遲到的社會人士。

我壓低帽子，朝著會場走去，途中在自動販賣機買了罐裝咖啡。校園內還是看得到一些學生，應該混得過去，如果碰上危急情況，還可以假裝喝咖啡來遮住臉孔。

萬事都得小心。雖然我不確定那些人是否還記得我，總之小心駛得萬年船。

我走到看得見大禮堂的地方時，發現了交流會的招牌，我才站在那裡看了一下，就有個女孩走過來問我：「你是來參加活動的嗎？」這女孩穿著套裝、拿著板夾和活動手冊，應該是幫遲到的參加者帶路的工作人員。我仔細地解釋自己不是為此而來，她還是熱心地邀請我說「啊，不好意思，我們的社團叫作摩艾，今天正在舉辦這樣的活動，如果你有興趣，歡迎來參加。」所以我又婉轉地拒絕了一次。

拒絕她的邀請之後，我移向附近一個有屋頂遮蓋的休息場所，坐在長椅上，打算在這裡觀察那位服務人員。這麼快就找到了一個摩艾的成員，真是太幸運了。

我低頭看看手機。這一帶很安靜，往來學生的對話都聽得很清楚。那位工作人員不時去找穿著西裝走來的大人說話，有些人會跟她走，也有些人婉拒了她的手冊。

當我喝光買來當喬裝道具的咖啡時，董介傳來了簡訊。

『第一場討論結束了，現在要休息十分鐘。聽那些社會人士自吹自擂真是累人。我還拿了名片。接下來我打算去跟摩艾裡最出鋒頭的人分成一組。』

『辛苦了。我正在監視會場外的工作人員。』

監視聽起來好像是個嚴肅的任務，稍微減輕了我沒有潛入會場的罪惡感。

董介傳來簡訊的幾分鐘後，有幾個學生和穿西裝的人從大禮堂走出來，我盡量把臉轉開，偷偷地觀察著。

他們似乎有事要提前離開，幾個像是摩艾成員的人陪著那些穿西裝的大人一邊說話一邊走向校門。剛才的工作人員有禮地對他們每個人說「謝謝你們今天的光臨」。

當我正在想「怎麼都沒有人來輪班」時，有一個男生走向那位工作人員，接過活動手冊。雖然跟我無關，但我還是很慶幸她沒有被累壞。

就在我開始鬆懈時，我終於看到兩個摩艾成員在交談，連忙豎起耳朵。

結果他們兩人並沒有談到任何重要的事。

「那你就在這裡好好加油吧。」

「當導覽輕鬆多了，在裡面聽講真的好想睡。」

「就是啊，我也得掛出業務用的笑容去收下他們的名片了。」

雖說我不是想像不到這種情況，沒想到我聽見他們說的不過就是這些事還是有點失望。

或許我應該開心才對，畢竟連工作人員的熱情都只有這點程度。組織越鬆散，對付起來就越簡單。

可是，我期待著摩艾依然堅守從前理想的微渺希望也同時碎了一地。

結果來輪班的男學生也只是做些份內的事，在毫無收穫的情況下，我收到了董介下一封簡訊。

『第二場討論也結束了。我加入了阿天的小組，看他跟女生特別親暱的態度真是讓我不爽。他跟出社會的女性也都很要好。這次像是比較認真的辯論會，比第一場好多了，不愧是幹部的小組。』

『去討伐摩艾的人如果加入摩艾就好笑了。』

我想多半是不會啦，但董介不光是想法偏激，他還很注重公平，所以我也不敢一口咬定絕對不會發生這種事。他對阿碰說要等到真正瞭解摩艾之後再來討厭他們，那應該只是隨口說說的，但也不能排除這才是他的真心話。萬一董介真的說要加入摩艾，我也不能反對，到時真的只能一笑置之了。

收到『我也會笑死的』的簡訊之後，我決定換個地方。繼續在這裡盯著工作人員想必不會有什麼收穫。

等到又有另一個女生來換班之後，我才站起來走向大禮堂。

交流會舉辦在人少的週末，最大的好處就是方便移動。若是在近距離碰到人，我只能信任董介幫我設計的喬裝了，但是在人少的情況下，我就能輕易地從遠方發現摩艾相關的熟人，因為我可以從髮型服裝等各種線索認出對方，但我自己的打扮和平時不同，所以不容易被認出來。

我走到看得見門口的地方，那裡有幾個穿著西裝和套裝的男女，很有可能是社會人士或大四生，所以我沒有接近門口，而是繼續走過去。

走著走著，就走到了大學的咖啡廳，我決定把這裡當成下一個據點。我走進週末仍然為了學生開門營業的咖啡廳，裡面冷氣頗強，客人也不少，幸好窗邊還有位置。從這裡沒辦法直接看到大禮堂入口，但是可以看到通往大禮堂的T字路口。此外，如同我所期望的，店裡坐著四位應該是來參加活動的女性。

我點了咖啡，坐到窗邊，一邊瞄向窗外一邊翻開書本。耳朵仔細聽著後方隔一桌的女孩們積極上進的閒聊內容。

我本以為無論再怎麼上進、再怎麼有理想，閒聊畢竟是閒聊，可是她們卻提到了對我們而言很有意義的內容。

「喔……我老是在想，天是怎麼培養出那麼堅定的自信心啊？」

天？是阿天嗎？

她們說的應該就是寫部落格的那個人吧。能聽到摩艾成員的情報真是太幸運了。

我故作隨意地轉頭確認，打扮得體的四個女孩之中沒有一個人是我認識的，不過其中一個人提到四年級的阿天卻不加上尊稱，可見她也是大四生。

「是靠著服裝嗎？會不會是天生的啊？」

「如果是天生的，就算不用裝帥也會有自信吧。」

「說得也是。看他被阿廣訓話的時候那副皮皮的樣子，看起來就像是後天養成的。」

「他是那麼努力的人嗎？我只覺得他像一隻偷懶的蟋蟀。」

其中一人說出了有趣的比喻。

「那不是跟阿廣這隻蟻后很相配嗎？」

「那傢伙一定會餓死的。」

眾人都笑了起來。看來阿天是個常被取笑、也很討大家歡心的人物。之所以說他討人歡心，光看大家茶餘飯後會聊到他就知道了。

此外，原來阿廣是蟻后啊。

「就算很相配，也不能把阿廣交給那種人。」

這人雖然出言反對，話中卻沒有敵意。

「阿廣感覺更適合穿著高級西裝、留著鬍髭的帥大叔，這樣才能把傲視群雄的阿廣心中的小女人引出來嘛。」

「那是妳自己的喜好吧？」

眾人又笑了。我本來覺得與其聽這種無聊對話還不如多用眼觀察，但從結果來看，還好我沒有這麼做。

其中一位個性比較正經的女孩此時換了話題。

「我們不去盯著學弟妹真的可以嗎？」

「幹麼自己批評自己啊？阿天也說過，如果太忙的話不去也沒關係。」

「阿哈哈，我們才不忙咧。」

吐槽得很對。

「也對，那我們該回去了吧。」

「我們就為了蟻后和巢穴努力工作吧。蟋蟀的事就別管了。」

「真無情啊。」

那個人應該是負責吐槽的。

「我才懶得理那種為了泡大姐姐而參加交流會的人。」

「對了，上次帶回去的那個大姐姐怎麼了？」

「聽說沒再見面了。」

「搞什麼嘛。」

「又拋棄了一個啊。」

「根據我的統計，有自信的男人多半喜新厭舊，又不愛惜自己擁有的東西。」

「唉，如果是天生的那就沒救了。我們該走了。」

一個女孩先站了起來，旁邊跟著傳出衣物摩擦的窸窣聲，接著是椅腳在地板上摩擦的聲音。不久之後，我從窗內看見了那四人走向通往大禮堂的T字路口。

我一邊望著那四人，一邊感嘆自己竟然碰到這麼多好運的事。

如果是平時，我聽到別人在聊天只會戴起耳機用音樂蓋掉聲音，但是有四個摩艾成員來到咖啡廳，附近座位剛好都是空的，還碰巧聽到她們提起阿天這個人，巧合得就像計畫好的，讓我不禁又驚又喜。這真的不是我計畫好的，純粹是運氣好。

真是沒想到。我聽到的只是一些小事，但是說不定能由此發現讓摩艾受到大眾圍剿的契機。

我透過無度數眼鏡看著桌上的木紋思考著。摩艾的管理階層中竟然有人藉摩艾的活動來滿足自己的性慾，在我們看來真是可怕的事，但這或許是個好籌碼。現在我們已經知道有人把交流會當成聯誼會，把邀請來的社會人士當成獵物，而且玩完就把人家甩掉，只要找到證據，必定可以在校內製造出反對聲浪。如果那人只是小嘍囉還成不了事，幸運的是這個叫阿天的人是四年級的，而且身處組織核心，這條路一定行得通。

問題就是要怎麼找到證據。若能親眼看到真相就好了，但我和董介只有兩個人，不可能二十四小時監控。那乾脆去找被阿天拋棄的大姐姐吧，可是那個人一定不會再來參加交流會，我們也不方便隨便打聽她的身分。

最妥當的方法就是拿到阿天本人的郵件或發言。但是要怎麼做呢？

我的心神全都集中於思考。

所以我對窗外的注意力鬆懈了下來。

我沒有發現，一個和我互相認識的人已經來到附近。

突如其來的敲窗聲，讓我頓時豎起了全身寒毛。

抬眼一看，前方站著一個人，但是我一時之間認不出那人是誰，等到認出來之後才開始緊張。

我猛吸一口氣，還嗆到了自己。

穿著T恤牛仔褲的他沒有發現我的震驚，但他就算發現了大概也不在乎吧。他好像打過照面就滿意了，露出了可以形容為超脫的溫柔微笑，對我揮揮手，便走向大禮堂的反方向。

因為事情發生得太突然，我呆了好幾秒，不確定他剛剛是不是真的出現過。能證明此事的證據只有我的心悸。

說不定幸運的巧合必須用另一件事的不巧來交換吧。

等到我的身心都平靜下來以後，我喝了一口咖啡，按著胸口深呼吸。

「為什麼他會出現在這裡……」

我忍不住自言自語。

嚇死我了。我在此之前也曾看到他，但我們已經多久沒有像這樣面對面了？還好他沒有走進咖啡廳來找我說話。

可是他究竟在這裡做什麼？照理來說他應該三月就從研究所畢業了，難道他延畢了？

該不會是畢業之後還繼續來大學參加摩艾的活動吧？仔細想想，他確實是這種人。

那位姓脇坂的學長一向不在乎面子和名聲，是個活得隨心所欲的麻煩人物。
至少我對從旁觀察著摩艾的他一直有著這種印象。
那是我們大一時的事。脇坂對秋好這個人很感興趣，雖然沒有熱情到加入社團，但他一直注意著摩艾，有時還會從旁提供建議，也經常幫摩艾做宣傳。
所以說，摩艾後來會變成這樣，他也算是推波助瀾的人。摩艾並不是他親手毀掉的，但我對於脇坂這個人的厭惡不下於現在經營摩艾的那些人。我理智上明白這不是他的錯，但理智和情感向來都是不同步的。
話說回來，我都打扮成這樣了，虧他還認得出來。搞不好喬裝的效果根本沒有我想像得那麼好。
我提高戒備，又點了一杯咖啡撐完一場會議的時間，終於等到董介的簡訊。
『結束了，等一下是最後一場。我已經很累了，阿碰幾乎成了行屍走肉。我打算結束後帶她去喝一杯，就在那裡會合吧。』

『OK。我會把阿碰的份帶過去。希望你能蒐集到阿天的情報，聽說他和一些社會人士之間有些不好的傳聞。』

『瞭解，我等一下就去他那組。』

收到簡訊之後，我起身離席。這是今天最後一次蒐集情報的機會，我準備走近一點，在會場周遭閒晃，在會議結束之前離開。

我把咖啡杯和托盤放到回收處，對致謝的店員點個頭就走出店外。我在這間咖啡廳從中午待到傍晚，此時陽光減弱了很多，風也變冷了。

我走向T字路口。有幾個社會人士和學生從大禮堂走出來，可能是工作或打工的時間到了。還在懊惱被脇坂撞見的我眼神消沉地走著，希望能聽到人們的對話而不被發現。

我刻意低頭不看別人。

垂下視線之時，我突然想到自己這三年都是這麼過的，唯獨在那短短幾個月的期間有一位光明得足以照亮我的朋友。自從那個朋友消失之後，我就像是扼殺了自我一樣低調地活著。扼殺一詞或許稍嫌誇張了。

後來我身邊稱得上朋友的人只有董介一個，這也不是我的功勞，而是重視公平的董介對任何人都一視同仁，雖然我只是在二年級打工時經常跟他排在同一時段，他卻非常照顧我。幾個月以後我們兩人都辭了那裡的工作，但我們仍然保持往來，如今還成了共犯。

仔細想想，董介的朋友那麼多，我卻害他把寶貴的週末都耗在這個地方，心裡實在是過意不去，我想或許應該找個時間再確認一下他的意願比較好。

這時我的腳步已經走到T字路口。

我注意到有一群人熱熱鬧鬧地從會場的方向過來，自然而然地轉頭望去。

要說是好運或壞運嘛，這次應該兩者皆是吧。

就在那裡。

只要差一點，只要我抬起視線的時機再早一點點，我們可能就會對上視線了。

那人和身邊的一夥人看到我的時候，我正從T字路口折回原先的路。

我愕然地停下腳步。

真是學不乖啊，我又粗心大意了。

我後來才知道，董介早已驚慌地傳簡訊到我口袋裡的手機。

『大頭目要出來囉。』

隔了這麼久再見到那人，我身體的反應比大腦更快。

我全身發涼，到處冒起雞皮疙瘩，背上流出冷汗，拳頭無意識地握緊，力道大得足以留下指甲痕，甚至有些想吐。

大腦好不容易才跟上反應，開始陷入混亂。我不明白這是怎樣的感情。接著我才明白，原來我對阿天的感覺、剛才對脇坂的感覺都是假的。

這才是真正的厭惡。

我終於懂了。這兩年我可以過得這麼冷靜，可以對摩艾的作為視而不見，只是因為我刻意對他們視若無睹。

從我們手上搶走摩艾的罪魁禍首就在我後方幾公尺。

意識到那人是真實地存在著，我這份情緒才開始變得真實。

那傢伙就是掌控摩艾的人，對我和董介而言等於是最終魔王。支持捨棄理想、變得扭曲的摩艾，並經營著如此摩艾的人物。被稱為阿廣的社團代表。

我再度冒出雞皮疙瘩。在這麼近的距離，我大可直接衝過去抓住對方的肩膀痛罵，但我不能這樣做，摩艾變質帶給我的痛苦可不是這種小家子氣的行為就能排解的。

繼續呆立很容易引人注意。畢竟對方也認識我。

我勉強收起對阿廣的情緒，拖著沉重的腳步走向和他們不同的方向。我橫越了通往會場的路，回到第一個據點的長椅。我現在需要調整一下心情。

我聽著一個戴眼鏡、看起來很正經的工作人員對我鞠躬說著「辛苦了」，癱坐在長椅上。

我良久坐在那裡不動。一方面是因為這裡離大禮堂很近，如果阿廣回來可能會看見我，更重要的是我已經被自己的情緒折磨得幾近虛脫。

結果我沒有繼續調查，只是在原地休息，等到心跳緩和到正常的節奏之後就離開了學校。

我在董介家附近的聖馬可咖啡裡打發時間，等到討論會結束了一個小時之後才收到聯絡。

董介報告說，結束之後就要和阿碰去開慰勞會，還附上了居酒屋的地址。地點和我第一次見到阿碰的咖啡廳很近，所以離阿碰家也很近。我想著「理當如此」，正要起身時，又收到一封簡訊。

『就穿著那身打扮過來吧~（笑）』

我就算想換衣服也沒地方換，但我還是先把帽子、眼鏡、圍巾收進我的托特包裡，才走出店外。

今天我沒騎腳踏車，所以就搭電車過去，又走了十分鐘，才到達那間居酒屋。這是有很多半開放小包廂的連鎖居酒屋，我和董介也去過其他分店幾次。大學生在選擇店家時，最重要的考量之一就是瞭解菜單上的價位。

我走進店裡，報上董介的名字，店員立刻幫我帶位。撐著臉頰、一副倦容的阿碰先看到了穿著外套提著托特包、打扮比先前正常許多的我。

「啊，楓學長。辛苦了。瞧你這身打扮，你剛剛是去約會嗎？挺帥的嘛。」

阿碰是在疲倦時喝酒，臉已經有些紅了。

「辛苦啦。喔，你穿得很正式嘛。」

「這樣哪裡正式了？你們今天是去參加交流會吧？辛苦你們了。」

我們早就說好要瞞著阿碰，所以我小心地選擇措辭。這是四人座，董介和阿碰相對而坐，我便坐到董介的身邊。

「今天怎麼樣啊？」

和平時不一樣、穿著很正式的白襯衫的阿碰轉動和臉頰一樣紅的脖子，用力搖著頭說：

「累死人了！」

她的話中帶有情緒。

「真的有夠累的！求職活動都是這樣的嗎？我沒辦法啦！這樣下去我一定

撐不到四年級的！」

「今天真的很辛苦，還要一直發表意見。」

「摩艾那些人真的很討厭耶！我發表意見之後，他們竟然問我『那是什麼意思？』，我不是已經說了嗎！應該輪到他們回應吧！」

阿碰比我想像的更醉，她一口喝光了像是Highball的飲料。還好店裡夠吵，一個女孩的酒後怒吼還不至於引起旁人側目。

「還有喔，楓學長你也來評評理……啊，你先點東西吧。」

正在氣頭上還是一樣貼心的阿碰勸道，我便向笑咪咪地等在一旁的男店員點了中杯生啤酒。啤酒很快就送上桌了，我們同聲高喊乾杯，喝了一些，我才對阿碰說「妳繼續說吧」，她像是突然想到似地回答「對對」，又接著繼續說。她真的很懂和年長者相處的技巧。

「我要說這個人，就是這個人！」

被阿碰指著的董介一臉無辜地歪著頭。

「這個人竟然跟摩艾那群人聊得很開心！都是因為學長一副興致勃勃的樣

子，害得站在旁邊的我也得加入話題，還說什麼要來幫我，根本不是嘛！」
「人家問我意見，我當然要回答，自然而然就聊開了嘛。你說對吧，楓？」
我又不在場，問我也沒有用。不過董介確實是個健談又善於交際的人，就算雙方立場不同，他也能跟對方聊得很愉快。
「才不是這樣咧，董介學長一直跟他們聊一些積極上進的話題，像是如何維持鄉村的勞動力、核能發電的經濟效益之類的。快把我喜歡的那個敷衍隨便的學長還來！」
聽到學妹的埋怨，董介愉快地笑了。他們平時一定也是這樣相處的。話說回來，董介在卡拉OK店也對我說過類似的話。
「哪裡上進了？我偶爾也會想想這些問題嘛。對吧，楓？」
「我說董介，你這句話聽起來真的很上進。」
「就是嘛！唉，董介學長已經被他們傳染了，很快就會加入摩艾了。」
阿碰憂愁地嘆道，董介用稍強的語氣反駁「我才不會加入他們」。

「要是加入他們，我就得變得更正經了。」

其實沒必要解釋這麼多。我知道董介就是這種個性，但我覺得理由不只是這樣。

「身為一個討厭摩艾的人，你覺得他們的交流會怎麼樣？」

我試著刺探他的真心話。董介盤起雙臂、噘起嘴巴，裝出沉思的模樣。他做這種表情一點都不可愛。

「說真的嗎？」

「嗯嗯，說真的。」

「唔……」董介像是在斟酌用詞。

「該怎麼說呢？我覺得如果你的原則很明確，知道自己的目的是什麼，去參加這種活動也無妨。」

「董介學長的原則一直都很明確啊！」

阿碰一邊用筷子切著剛送上來的煎蛋捲，回答了一句沒有深意的話。

「原則明確？怎麼說？」

「譬如說，如果你可以不管這是不是交流會，只是為了達到自己的目的，去參加也無妨。」

「喔……」

為了不讓阿碰發覺我和摩艾的恩怨，我只是淡淡地附和。董介大概也知道我的想法，所以彷彿沒聽到似地繼續說：

「真正為了求職而來攀門路的人比我想像的多，他們在討論的時候很認真，在休息時間會加倍認真地去找社會人士說話。會中規定不能在討論之中透露公司的名字，只能說是哪個業界，交換名片也只能在休息時間，但是說穿了，對自己的外表有自信的女生，在討論時其實只要靜靜盯著自己有興趣的社會人士就行了。」

「我討厭這種人。」

這時我發現阿碰已經把煎蛋捲分成三人份。我向她道謝，她便回答「等到有費力的工作再交給學長你們吧」。她真的很會說話。

「我也不喜歡這樣，但我覺得對於目的明確的人來說，有這種交流會還挺不錯的。」
「很像你會有的想法。」
他就是有辦法把理智和情緒分開。
「這只是我的意見啦。但是就像阿碰說過的，那樣並不是在『成為自己』，有些人會對這種掛羊頭賣狗肉的活動很反感。我想阿碰就是因此才會那麼疲勞。」
「我才搞不懂為什麼原本那麼討厭摩艾的董介學長能待得那麼開心咧。」
「我哪有開心？」
董介朝我瞄了一眼，然後喃喃說著「只不過是稍微對他們改觀罷了」。我從董介的態度就能看出這點，所以我很高興他沒有試圖隱瞞。
「先不管加入摩艾的都是怎樣的人，至少幹部是真的很用心地在籌備。雖然幹部那群人一副積極進取的樣子讓人很看不順眼，但是能搞出一個像樣的求職交流會可不是容易的事，他們畢竟是即將出社會的大四生，雖然讓人看不順眼，但確實很有能力。」

董介這種極富建設性的意見讓我頗能認同。

「不過啊，這種事情讓大學的求職輔導處去做就行了，我實在不喜歡耍這種小花招來製造認識社會人士的機會，摩艾沒必要做這種事。而且說是討論會，其實只是聽社會人士得意洋洋地在那邊炫耀罷了。」

「有個大叔說假日還得去公司指導沒用的屬下真是笑死人了，我聽了真想宰了他。」

「喔?還有這種人啊?」

我被阿碰的辛辣發言給逗笑了，我也很慶幸董介依然不贊同摩艾的做法。

「這樣至少讓妳看清了哪間公司不該進去嘛，而且妳不是也拿到有興趣的公司的名片了嗎?」

「是啊。我看看……」

阿碰摸索著胸前的口袋。用左手似乎不好拿，她摸了半天，還扯緊了領子，看起來很不舒服的樣子。

「就是他。高崎博文。是個長得很高的帥哥，一看就是人生勝利組，真讓人火大。」

「我可以理解。」

「人家明明是個好人，是董介學長太小心眼了，見不得人家好。」

看到阿碰今天有所收穫真是太好了，我們是為了自己的計畫才勸她去參加交流會，如果她只是白白去受折磨就太可憐了。

我悄悄地嘆了氣。這次的作戰計畫在沒有重大失敗的情況下落幕了，至於今後的計畫，等解散之後再去董介家討論吧。我一邊想一邊把煎蛋捲配著蘿蔔泥吃下，這時阿碰說出了一件我意想不到的事。

「對了，董介學長不是也跟人交換了聯絡方式嗎？」

「喔，對啊，跟阿天。」

「真的嗎？」

我驚訝地問道，董介朝我用力地眨眼，他大概是在使眼色吧。

「董介，你該不會真的打算進摩艾吧？」

「我也這麼覺得。」

董介縮著肩膀搖頭說：

「才沒有。我有幾次跟他分在同一個小組，大概是在阿碰拿到名片的時候，他正好跟我聊到他也被我那間公司錄取了，但他後來決定去其他公司，只好婉拒了，然後他就邀我改天一起去喝酒，還問了我的聯絡方式。」

意思是他們還會再見面囉？

「楓學長，輕浮的人一定都有相同的波長啦，我們還是認真地過日子吧。」

我被阿碰的話逗笑了，但我也感覺到指尖有一股不知從何而來的戰慄。

此時我沒空確認這戰慄的來源，因為阿碰提議別再討論這些掃興的事，我若是再緊抓著摩艾的話題就太不自然了，所以我們轉換心情，開始聊些無關緊要的事，一邊喝喝酒、吃吃重口味的料理。

兩個小時很快就過去了。

店內依然熱鬧滾滾，即使笑聲和玻璃杯摔破的聲音吵鬧不已，阿碰還是趴在桌上不動。她已經喝了不少，而且她今天真的太累了。

「真的辛苦你們了。」

我舉起檸檬沙瓦，在上過廁所之後換到阿碰旁邊的董介也舉杯和我的杯子相碰。

「交給你這麼辛苦的任務真的很抱歉。如果阿碰在求職時有什麼需要我幫忙的，我也會盡力協助。」

「那還真叫人高興，但你不用顧慮這麼多啦，我已經找到工作了，可以高枕無憂地看學弟妹的熱鬧。」

「好說好說……不過我真沒想到你有辦法跟阿天混得那麼熟，還交換了聯絡方式，真是太厲害了。」

如果不是董介，我一定沒辦法這麼快就攀上這條線。

「沒有啦，我只是依照你在簡訊裡的要求刻意接近他，而且真正積極的人是他。那傢伙真是個裝熟大王耶。他主動問我聯絡方式的時候，我還被嚇到了，所以就立刻說我不打算加入摩艾，他表示很遺憾，但還是跟我交換了聯絡方式。楓，你應該很怕那種人吧？」

「嗯，他跟我根本是兩個世界的人。」

董介一副很瞭解我的樣子，笑著說「我就知道」。

「那傢伙的傳聞是怎麼回事？」

對了，我還沒跟董介說呢。於是我把白天在咖啡廳聽到的對話從頭到尾告訴了董介。

說完以後，董介喃喃說著「這樣啊」。

「你在交流會上有看出什麼端倪嗎？」

「唔……說得直接點，至少我沒看到他摸哪個女人的胸部。」

「如果摩艾的幹部裡有這種人，我們就用不著認真作戰了。」

「說得也是。不過他和一些似乎很常來的大姐姐確實很要好，和不認識的人也會一直聊天拉關係，如果他是懷著那種心思，會這麼積極就不足以為奇了。他這個人活潑得恰到好處，也帥得恰到好處，沒有帥到很誇張的地步。」

我知道董介想說的是像他這種人會很受歡迎。

「你似乎很討厭他？」

「是啊，如果不是為了任務，我真不想接近他。」

我自認不是完全瞭解董介，所以沒再多問，只說「真的辛苦你了」。

「讓你這麼辛苦真是對不起，但我還想談談今後的計畫，可以嗎？」

「說吧，老大。」

「嗯，為了省事，我就不拐彎抹角了。要用這件事引發大眾抨擊，最有效的方法就是逮住他失言的時候，或是現場目擊。所以雖然我很不願意這麼做，我覺得我們還是應該跟他打好關係。」

「理應如此。你說『我們』，意思是他不認識你嗎？」

「應該不認識，畢竟我們是不同世界的人，而且我在裡面的時候他還沒加入。」

我不知道他是何時加入的，如果他是為了聯誼、為了滿足性慾而加入摩艾，如果像他這種人都可以擔任幹部，那他的存在正代表著摩艾的扭曲。

「那我就先把他約出來喝酒吧。啊，如果他邀我去聯誼，我為了達成任務一定要出席，到時你可別讓她知道喔。」

董介用拇指指著阿碰，我感覺他還懷著其他理由，但我不想深究。我仔細觀察阿碰，她正發出微微的打呼聲。

「我不會讓她知道你想追她的。」

「別胡說。」

董介瞄了阿碰一眼，用格外認真的語氣小聲地制止，我聽了不禁露出慈祥的微笑。我們兩人年齡相同，說慈祥似乎怪怪的。

「對了，你遇到他們的頭頭了嗎？」

一聽到這句話，我的笑容就淡化許多，董介一定也注意到了。

「嗯，看到了。」

「你覺得怎麼樣？啊，不好意思，我是不是不該這樣問？」

「沒關係。唔……」

我回想著當時的狀況，然後用最簡單的方式表達出我的心情。

「我覺得……非得搶回來不可。不只是摩艾，更重要的是要搶回我們的理想。」

「這樣啊。」

「嗯。」

「難得你會說出這麼熱血又浪漫的發言。我一定會盡力幫忙的。」

我對著可靠的好友由衷說出「謝謝」，但董介卻推託地回答「別跟我這麼客套，我受不了」。

後來我們拋開今天的任務，放鬆地喝了一個小時左右。

「差不多該送阿碰回家了吧。你可以到我家換衣服……啊，如果你喜歡的話，衣服可以借給你。」

「我只想儘快把衣服脫下來還給你，所以就去你家吧。」

「什麼嘛，阿碰不是說你穿這樣像是去約會嗎？你可以用這個裝扮去找下一個女友啊……啊，難道你還想著之前打工的同事……」

「我又不是你，才不會咧。好了，快把阿碰叫起來吧。」

我這麼一說，董介就去叫阿碰，叫了幾聲她還不起來。董介戳戳她的肩膀，她才吃驚地渾身一抖，抬起了紅通通的額頭。

「要回家囉。」

「喔……」
睡得迷迷糊糊的阿碰就交給董介了，我負責去結帳。
我們把阿碰送回家之後，又去了董介的家，本來要在他家續攤的，結果我們兩人都不知不覺地在地上睡著了。
我夢見了一年多以前交往過的打工同事，不知為何還夢見了阿碰。
對了，阿碰是從何時開始稱呼我為楓學長的呢？
早上起來時，我沒來由地想著這個問題。

※

秋好從樓梯走下來，看到走廊上的我，就對我使了個眼色，然後走到我這樓層，和原本走在一起的女孩道別，等她離開之後，秋好才說了聲「嗨」，站在我的面前。
「辛苦啦，楓。難得你會跑到這個地方。」
「辛苦了。我剛才去上面的教授辦公室交報告。」

「喔，這樣啊。你等一下還有課嗎？」

「沒有，我準備回家了。妳呢？」

「我也沒課了，等一下還約了人。啊，對了，要不要一起吃飯？」

「怎麼這麼突然？」

我幾乎沒看過秋好跟誰相處得很愉快，也沒聽說過她跟誰相約。此外，我完全不懂為什麼她明明約了人卻還邀我一起吃飯。

「我等一下要去見一個對摩艾有興趣的人。剛才跟我在一起的是我們的老師，有一天她提到摩艾的事，班上有個同學聽了之後很感興趣，所以我們約好今天見面談談，你最好也能去見見她。啊，如果你很忙的話就算了。」

我沒有其他事要做，而且我只是不擅交際，還不至於排斥和別人往來。但我有一件事很在意。

「妳是要給她考試嗎？加入祕密組織的考試。」

「沒那麼誇張啦，我們又不是共濟會，入會不需要特別篩選啦。」

說完她就笑了起來。

就算沒這麼嚴格，至少也是類似面試吧。聽了秋好接下來說的話，我更是確定。

「啊，可是如果她決定加入，然後你才發現不喜歡她，那就麻煩了。我很少有討厭的人，我怕生的感應器已經壞了。」

「原來只是壞了啊，我還以為妳本來就沒有那種配備咧。」

「什麼啦！」

秋好笑著拍拍我的肩膀，加上一句「怕生算是哪門子的能力啊」。

不用說，此時誰也不知道未來會發生什麼事。沒人知道將來誰會離去，誰會扭曲，誰會戰鬥。

此時的摩艾還懷著純粹的理想。

那天我答應秋好的邀約，和她去附近的家庭餐廳見那位準備加入摩艾的女孩。跟她見面談過之後，我對她的印象是「另一型的人」。我本來以為想加入摩艾的一定不是正常人，很擔心像秋好這樣的白目人又要增加了，結果她卻是和秋好截然不同的類型。

她叫尋木米亞，母親是義大利人，單眼皮，薄嘴唇，看起來冷冰冰的，從表情和氣質可以明顯看出她和秋好是不一樣的人。她一樣是堅定朝著自己的目標邁進，但她走向目標的途徑卻和秋好不一樣。

「我現在正在鑽研宗教和經濟，我很想知道世界是以怎樣的結構來運作、由哪些人來推動的。」

尋木一邊喝著檸檬茶，一邊靜靜地說起自己的想法。看得出來她是一個追尋道理的人，而她口中的道理和秋好口中的理想是類似的東西。秋好興致盎然地聽著和自己不同類的尋木說話，不久之後，尋木就成了摩艾的第三位成員。

要說是水壩潰堤也不太對，這應該算是好的發展，總之摩艾打開了門戶，不再只有兩個人，所以就算想要停留在原地也不可能了。

接下來三個人變成四個人，四個人又變成五個人，已經可以向學校申請成立社團了。

秋好為此非常高興，但她也說了這樣的話：

「我是發起人，所以由我出面申請，不過摩艾也屬於楓、屬於每個人，如果有誰對某些事有不同意見隨時可以說出來，我想要找出彼此都能接受的方式。」

這就是秋好的理想。

沒人想到摩艾後來會變得那麼墮落，對理想也不再追求了。

這是董介去參加交流會大約兩年半之前的事。

※

交流會過去了一個月左右。

「啊！這不是楓嗎！辛苦了！」

「呃，嗯，辛苦了。」

這個時節的氣溫升高了許多，風中開始摻進夏天的味道。我在學生餐廳吃著蕎麥麵時，阿天掛著歡暢的笑容和一個女孩一起經過。

「溝通能力太強或許也是一種溝通障礙吧。」

因為恰巧遇上而和我一起吃午餐的阿碰，一臉不高興地說出這句弔詭的話。

有人覺得怕生是一種能力，也有人覺得溝通能力會造成妨礙。乍看之下很奇怪，但沒人知道價值觀何時會反轉，所以摩艾從那時就開始改變了，而我們現在想要改變也不是不可能吧。我試著用正向的角度來解釋這件事。

過了一個月，我們依然在進行之前訂立的作戰計畫。

實行的情況還過得去。後來我們去和阿天接觸，藉著一起吃飯喝酒慢慢建立起關係。阿天來者不拒、逝者不追的個性對我們來說真是件好事。認為相逢皆朋友的他想必已經把我們當成朋友了。雖然我和董介說的一樣很不擅長應付和自己不同類型的人，但是認識他這種人對於我們的計畫確實很有益。跟他往來並沒有直接的壞處，只要別在他跟我認識的摩艾成員在一起的時候撞見他就好了。

但是這個計畫還有一些問題。

「天氣這麼熱還穿著夾克，他的腦袋不會燒起來嗎？」

穿著短袖T恤的阿碰是在說阿天。她因一個月前的事而變得非常討厭摩艾，不過她的心情並不會影響我們的計畫。

問題是阿天不像阿碰這樣喜歡聊到不在場的人，換個角度來看，他一定也不會把我們的事洩漏給摩艾的人，這應該算是優點，但他也絕對不會主動提到自己緋聞中的女性。既然如此，我們可以主動提起男女關係的話題，只是擔心做得太刻意會引人疑竇，所以我們至今還在找尋比較好的方法。

對了，阿碰剛才提到他的外套。一個月前我在咖啡廳裡聽到摩艾成員聊起阿天時，我還覺得這是自己的運氣很好，其實原因不是我的運氣，而是因為我當時的喬裝很像阿天的日常穿著，所以她們之中的一人看到我這下北澤風格的服裝就想起了阿天。沒想到董介的玩笑會在這種時候發揮出奇蹟般的效果，看來每件事都是有原因的。此外，我也再一次地意識到我和阿天之間的鴻溝。

吃完午餐，我和阿碰告別，又上了一堂課，之後就去打工。

要說這一個月有什麼和摩艾無關的變化，那就是我開始打工了。說開始也不太對，其實是因為我向以前打工之處的店長報告了找到工作的事，對方就趁機要求我再回去打工。雖然摩艾的事很重要，但是為了生活還是得賺錢。

我從大學騎了十分鐘腳踏車，最後停在一間大型藥妝鋪的後面。我從後門走進休息室，就看到班表經常和我排在一起、被我偷偷稱為流氓女大學生的川原小姐。她朝我說了「早」，我也回答她「早安」。她是我們大學的一年級學生，在學校裡當然是我的晚輩，但是在打工的地方，若從回歸後開始算，我就是晚輩，若從回歸前開始算，我就成了前輩，所以花了一個月的時間摸索之後，我們對彼此都會使用比較輕鬆的敬語。幸虧我們還沒在大學裡碰過面。

在這裡打工很輕鬆，只需要搬貨上架或打收銀機或打雜，因為店面位於住宅區，所以不常碰到麻煩的客人，就算碰到了，店裡至少會有一位正職員工，交給他們就行了。某天有個客人硬是說些莫名其妙的理由，要求退貨，川原小姐見狀就凶神惡煞地對客人「啊？」了一聲，真是把我給嚇壞了。只因如此，從那天起我就偷偷地稱她為流氓女大學生。她的特徵是蓋住耳朵的頭髮底下偶爾會閃現銀色耳環的光芒。

川原小姐似乎不像阿碰那麼懂得做人。我只顧著工作，和川原小姐很少交談，天色漸漸變暗，已經到了晚上。這個時間客人很少，我們一個人負責打掃，一個人負責站櫃檯。

我聽著店內播放的音樂，心不在焉地拖著地，而川原小姐一副清閒的樣子站在櫃檯裡。店內情況一如往常，沒什麼特別的。

我經過櫃檯前的時候，川原小姐突然叫了我一聲「田端先生」。

「是！」

這反常的事態令我有些吃驚，所以回答的聲音有些拔尖。川原小姐瞄著上方，像是在思考要怎麼開口，然後望著我說：

「你上次提到的摩艾，我已經去看過了。」

「咦?真的嗎?」

「真的。」

川原小姐點點頭，稍微動了嘴脣。我隱約瞥見了她的耳環。
「他們前陣子舉辦了說明會，我就去參觀看看。」
「妳真有行動力……」
「我加入了。」
「咦？真的假的？啊……不是……」
「反正我很閒嘛。」
川原小姐說起她加入摩艾的語氣就像「因為沒事做所以跑去買漫畫」一樣輕鬆，令我十分錯愕。
老實說，這陣子我一直在期待她會加入摩艾，所以真的聽到了也不意外。我會嚇到只是因為謹慎。
我在一個月前訂立了討伐摩艾的計畫，其中一步就是派出間諜。不是像董介那樣用外人的身分進去參觀，也不是像阿碰那樣雖然不甘願卻勉強參加，而是真心想要加入摩艾，能以社員身分幫我們蒐集情報、沒有自覺的間諜。我覺得這個計畫太不實際，不可能剛好找到這種人，本來已經打算放棄了，但是不久之前川原小姐問我「有沒有什麼有趣的社團？」，我懷著死馬當作活馬醫的心態告訴她有個很積極上進的團體叫作摩艾，還慫恿似地說了「或許很有趣喔」。

我這麼做當然是期望能從她的身上輕鬆地獲取情報，但是聽到她這麼快就付諸行動，而且還真的加入了，我卻不禁感到訝異，同時也覺得對她有些過意不去。

「原來妳喜歡那種社團啊？」

「算不上喜歡啦，但是我不想參加運動類社團，至於學藝類社團嘛，我覺得興趣這種東西自己做就好了，不需要跟別人一起做，所以我就加入摩艾了。」

「原來如此。」

「嗯？難道那個社團不好嗎？該不會跟宗教有關吧？」

從某些成員的行為來看確實跟宗教挺像的，但我知道川原小姐問的不是這個，所以搖頭說「沒有啦，絕對不是」。

「那就好。我準備全心投入摩艾，就算有其他社團的邀請我也會拒絕。我最喜歡自我陶醉的人了。」

這麼說來，我還真是幫她介紹了一個氣味相投的社團。但我不能直接這麼說，也不能說自我陶醉的團體和她排斥的宗教團體其實沒什麼兩樣，所以只能另找一個比較委婉的說法。

「我不是很瞭解那個社團，但聽說他們還挺忙的，所以妳最好注意一下自己的學分數，有什麼活動也請跟我說一聲。」

「你對摩艾也有興趣？」

「只是有些好奇啦。」

「嗯。」

我和川原小姐的對話到此就結束了，因為有個客人正走向櫃檯。我轉過身去繼續拖地，一邊聽見背後傳來了川原小姐語調和嘴角都沒有提高一公厘的「歡迎光臨」。

兩個小時以後，我和川原小姐的值班時間都結束了，她很快地換下制服，走出休息室。我真是不明白，雖然她比平時更快離開休息室，但是當我換好衣服走到外面卻看見她已經戴上安全帽、發動電動機車的引擎，停在原地等我，對我淡淡地說句「辛苦了」才瀟灑地揚塵而去。她總是這個樣子。

難道是因為流氓都特別重視輩分嗎？我一邊想著一邊解開腳踏車的鎖，然後看看手機，發現董介傳來了簡訊。

『聽說阿天和一位社會人士交往了。』

看起來好像只是一則關於朋友八卦消息的無聊簡訊，卻是我們等待已久的好消息。

「真的是心想事成呢！」

週末的電車上沒有一個空位，我對靠著車門的董介說出川原小姐積極參加摩艾活動的事情之後，他就驚訝地回答了我這句話。刺眼的陽光讓人幾乎看不到奔馳電車四周的高聳建築物，也把董介臉上帥氣的無度數眼鏡照得閃閃發亮。

「這計畫應該會花上不少時間。還能順便交到朋友就是了。」

我想起了川原小姐昨天打工時邀請我「一起去玩吧」的認真表情。是要怎麼交到朋友啊？我有點在意他這句閒話，但我當然沒有發問。

我望向窗外掠過的風景，突然發現董介朝著我的背後輕輕揮手，我本來還以為他遇到了朋友，小心翼翼地轉過頭才發現有個小女孩朝我們這裡揮手，讓我鬆了一口氣。

擠滿了家族和情侶的電車載著所有乘客的心思不斷前進。大部分的人應該都是要去前方某一站的主題樂園吧。

但我們兩人卻一臉興致索然地前往某個公園附近的車站。

理由是我們被邀請參加某個聚會。

「烤肉會？」

「嗯，阿天說找了很多女生，邀我們一起去。只要登記 E-mail 以供聯絡、繳了會費，任何人都可以參加，聽起來是很常見的聚會。」

「也只有愛玩的大學生才會覺得這種莫名其妙的聚會很常見。」

「哪會啊，連主辦者是誰都不知道的聚會不是很常見嗎？阿天說他沒有邀請摩艾的人，所以不用擔心有人來遊說。說不定會有摩艾的成員從其他的管道受到邀請，但可能性不大，所以我打算參加。你怎麼想？」

這些是四天前的對話。我不好意思再讓董介一個人出馬，所以決定一起去。為了在公開聚會之中打聽阿天的情報，這是我第一次和董介一起潛入調查。

董介稀鬆平常地說出了「潛入」一詞，他仍舊是一副躍躍欲試的樣子。

「你真的很適合這身打扮耶，楓。」

我對皮笑肉不笑的董介回答了「一點都不適合」。

「如果被熟人看到了，我就要咬舌自盡。」

「如果你穿著這麼歡樂的服裝咬舌自盡，警方一定查不出原因。」

聽著董介的笑聲，我再次低頭打量自己的服裝。淺綠色夏威夷襯衫配白

T恤，下半身是黃色短褲，腳下是純白休閒鞋，外加白色草帽和項鍊。別人從遠方一定認不出我，但是穿著這身像是要去度假勝地的裝扮實在很丟臉。相較之下，董介低調的破襯衫配無度數眼鏡感覺更時髦，讓我覺得很不是滋味。

「你又不用喬裝，有必要戴無度數眼鏡嗎？」

「你別小看眼鏡，這可是能瞬間讓男人帥氣加倍的厲害道具喔。」

「視力不好的人聽到這種話一定會生氣的。」

董介又開心地笑了。他平時就是個快活的人，今天似乎又更勝一籌，是因為天氣很晴朗嗎？還是因為聽說今天有很多女生來參加？

應該找阿碰一起來的。我正這麼想的時候，電車漸漸減速，停了下來。董介從車門邊退開一些，接著車門開啟，我們毅然決然地跳出冷氣車廂。

「熱死了。」

「等一下還要在這大太陽底下烤肉呢。」

我並不討厭戶外活動，但此時是六月，我還沒有應付炎熱的心理準備，再想到烤肉的炭火就覺得有些虛脫。

出了票閘，就看到一群不知道是否跟我們目的地相同、穿著一副野餐打扮的年輕人走向公園入口所在的巨大十字路口。為了小心起見，我仔細觀察附近的人群之中有沒有我認識的人。

「啊，是阿天。」

聽到董介這句話從旁邊傳來，我頓時緊張得全身僵硬。

我看看董介揮手說著「嗨」的方向，就看見了阿天一手提著便利商店塑膠袋、一手按著手機走在斑馬線上。董介沒先跟我說一聲就放聲大喊，阿天看到他，也笑著揮揮手，停在馬路對面等我們。

「早安，董介。喔，楓跟平常的感覺不太一樣呢。你一定花了很多心思打扮，真不錯。」

「沒有啦，哈哈。」

我用笑聲糊弄了過去。我當然沒有那種意思，反倒是阿天那件印著碩大愛心的襯衫和手上發光的銀戒指看起來才像是刻意打扮過。不對，說不定他平時就是這樣穿的。

幾句閒聊之後，阿天就帶我們走向烤肉會的地點。因為人少的時候會更受矚目，我們還特地遲到了一下，卻聽說現在只來了一半左右的人，真不愧是大學生的聚會。這樣我就得一直注意晚來的人之中有沒有熟人了，想必會耗費不少心力。

到了准許烤肉的場地，已經有幾組人馬占據了一些地方。阿天跟我們說了今天的參加者都是從哪邀請來的，然後帶我們走向一個占據了最大空間的團體。一走近我就嚇到了，因為人實在太多了。在場的人數比高中的一個班級還要多，而且有一半的人現在還沒來，這到底是怎樣的聚會啊？

不用自我介紹真是太好了。雖然我早就想過可能會碰上這種狀況，要被這麼多人盯著還是令我很不自在。阿天帶我們去找管理財務的人，付了會費，又給我們介紹了他的幾位朋友。

跟天野是同一所大學的啊？那頭腦一定很好。你也來喝一點吧。

眾人七嘴八舌地說著。姑且不論好壞，總之每個人的態度都很親暱，我開始理解為什麼自己讀了幾年大學卻不知道有這種聚會。

我們在眾人的盛情之下從冰箱裡各拿了一罐啤酒，這時負責招呼我們的阿天講起手機，似乎是他邀請的人找不到聚會的地點。

「不好意思，我去接一下朋友，你們隨便找人聊聊吧。」

阿天露出爽朗的笑容，快步朝著來時路走去。真是個大忙人。被丟下的我們互看了一眼，接著就拉開啤酒的拉環乾杯。酒精入喉，讓我體會到大白天喝酒的罪惡感。

現在該怎麼辦呢？我正在觀察四周情況，突然聽到「啊！」的一聲，我轉頭望去，看見董介對一個正在烤肉的男生輕輕揮手。我問道「那是誰啊？」，董介回答「我明年的同事」，意思就是那人也在同一間公司得到了預定聘用吧。

「我去打個招呼。」董介說完就走向烤肉架，只留我呆立在原地。為了掩飾自己的手足無措，我又喝了一口啤酒。如果我是在這種時候會主動找人說話的個性，我一定早就參加過這種聚會了。

我正呆呆地望著董介跟別人相談甚歡的情景，突然發現自己身邊站了個人。在我轉頭之前，對方就叫了我的名字。

「田端先生？你在這裡做什麼？」

我在聽到自己名字的同時也看見了對方，不禁嚇得後仰。因為動作太大，啤酒還潑出來了一些。

「川、川原小姐？」

雖然我說出來的是疑問句，但是眼前的人毫無疑問是我打工店鋪的同事、流氓女大學生川原小姐。

我剛到的時候大略掃視過現場的人，那時並沒有看到她。

我才想問她在這裡做什麼咧。

「你好。你也來參加烤肉會啊？」

「呃，嗯，是啊。」

「還有……」

川原小姐從頭到腳打量著我。

「你私下的打扮真令人意外。」

我認真地思考著要不要咬舌自盡。

「喔，這是我朋友開玩笑地叫我穿的……」

「很適合你呢。」

「那還真是謝謝妳。」

我想這多半是客套話，但川原小姐嘴角的曲線比打工的時候還要柔和。

她的便服和平時一樣以黑色為主，但是多了一點休閒風格，是T恤配牛仔褲。

「我才想問川原小姐為什麼……啊，不是……」

看到她出現這裡讓我很意外，但我自己明明也來了，所以我沒有資格講得好像她不該來這裡似的。

「川原小姐也參加了這場聚會啊？對了，妳昨天說要出去玩……」

「就是指這裡。我是和朋友一起來的。」

川原小姐望向旁邊，那裡有個看起來很活潑的女孩正在跟一位男性打招呼，可能是邀她來的學長。

「田端先生是被誰邀請來的？一起胡鬧的朋友嗎？」

看來川原小姐不相信我的服裝是朋友的玩笑，我非得跟她解釋清楚不可。

「不是啦。那個，妳知道摩艾的阿天嗎？他似乎是核心成員，那邊那個戴眼鏡的是我的朋友，叫作董介，他和阿天是朋友，所以我才會一起受到邀請。」

我匆匆地說出了笨拙的解釋。我本來還很擔心川原小姐會覺得我很奇怪，但她只是點頭回答「我認識阿天學長，但我沒跟他說過話」。

我和川原小姐不曾在工作之外的場合見面，而且我們必定都是不擅言詞的人，所以一下子就沒話聊了。我正擔心場面變得尷尬，幸好在我感受到這種氣氛之前董介就回來了。

董介走過來看到我們，就用眼神詢問我川原小姐是誰。

「喔喔，董介，這……這是川原小姐，我們大學的一年級學生，和我在同一個地方打工。」

我不是因為講到她的名字而結巴，我本來想說「這位小姐是……」，又覺得這種措詞太正經八百了。

然後我指著董介對川原小姐說「這是我的朋友」，她輕輕點頭，平淡地打招呼說「你好，我是川原」。我們第一次見面時她可是對我使用敬語的呢，不過看董介和阿碰的相處就知道他很容易跟學弟妹打成一片。

「喔，初次見面！我是楓的朋友。你們是打工的同事啊，楓一定給妳添了不少麻煩吧，請妳多多見諒。」

「你又沒有來過我們店裡！」

我一不小心就像平時一樣吐槽了他，我有點擔心川原小姐會不會嚇到，卻發現她的嘴角上揚了一點。

「沒有啦，我平時受了田端先生很多關照。」

「啊，不，我才是受了妳很多關照。」

我一點都不記得自己何時關照過她，所以很自然地這樣回答。董介聽到關照一詞似乎聯想到奇怪的地方去了，他用準備揶揄人的眼神看著我，然後換了話題。

「和川原小姐一起來的人是摩艾的成員嗎？」

「是啊，等她回來再幫你們介紹。」

川原小姐才剛說完，她的朋友就走過來跟我們打招呼。那女孩看起來非常外向，川原小姐會跟這種人交朋友讓我有些訝異，但我又覺得這樣反而合理，或許就是個性互補的人才能當朋友吧。

接下來輪到川原小姐去跟朋友的學長打招呼，我在學校裡畢竟是她的學長，所以半開玩笑地說「不用顧慮我們，妳玩得開心點吧」，結果她回答「田端先生也是」。我當然不可能玩得開心，但還是心懷感謝地接受了她的祝福。

等她們離開後，董介果不其然用手肘撞我。

「又是打工的同事啊？田端學長。」

「少胡說。我要告訴阿碰你是來烤肉會搭訕女生的喔。」

「你才少胡說咧。不過真沒想到你會突然遇上熟人，等一下可得小心點。」

他這句話倒是說得沒錯。

從現在起我得更注意遲到的人。

「這身打扮很容易惹人注目，真想換掉。」

「會嗎?她沒說穿這樣很奇怪吧?」

「她說看起來很愛玩。」

至於她那句客套的感想我就不告訴董介了。

過了一會兒，阿天帶著一個漂亮女生回來了。那女孩在這場聚會裡似乎有很多熟人，有幾個人看到她就嚷嚷起來。

「這女生真可愛。」

我暗自思考要不要把董介的這句話告訴阿碰。

今天我們來參加烤肉會當然不是為了看漂亮女生，也不是為了體驗大白天吃肉喝酒的罪惡感，而是有任務在身。

簡單說，我們此行的目的是要讓阿天親口承認他的不當交友關係，也就是要讓他說出他把摩艾當成聯誼會，還對女性始亂終棄的輝煌戰史，等到查明事實就公開摩艾的醜聞。其實我胸前的口袋有個錄音機，現在的對話也全都錄下來了。我也考慮過直接把錄音檔放到網路上，但那樣很容易被他發現是誰做的，所以還是作罷。

我們是精簡部隊，只能選擇比較踏實的做法。

首先得去和阿天那夥人聊天，但我這方面的能力非常差。主動找人攀談對我而言是一種高難度的技巧，真要做也不是做不到，只是會做得很不自然。

這方面董介就厲害多了，他可以很自然地跟他想聊的對象攀談，完美地補足了我的弱點。

阿天跟這次的主辦者應該很熟，三不五時就有人叫他的名字、問他飲料的位置、請他幫忙烤肉，他每次都會面帶笑容地抱怨，但還是迅速確實地完成了所有任務，不愧是能在組織中爬到上位的人。如果他只是輕浮愛玩，不可能得到這麼多的支持。

董介沒有宣布開始行動，而是說著「既然來了就好好地大吃一頓吧」，率先走向木炭和烤肉味道傳來的方向，我也跟著走過去。

「阿天，這個可以用嗎？」

「儘管用！」

董介先向正在分配烤肉的阿天問了一聲，再拿起兩雙免洗筷和兩個盤子，把其中一套遞給我，然後走到阿天身邊。

「也幫我們烤一些吧。」

「真是的，每個人都跑來跟我點菜！等一下喔！」

阿天像是很厭煩地抱怨著，但他顯然很樂在其中。董介笑著說「就是因為看到大家都來跟你點菜，我才覺得你一定很會烤肉」，旁邊那群跟阿天同類型的男生都笑了起來，紛紛向他討烤肉吃，周圍的女孩子見狀也都笑了。

我在董介身邊看著這一幕，也露出了微笑。

既然要等烤肉，繼續站在那邊就不會顯得奇怪了。董介和周圍的人聊到他和阿天是同一所大學的，兩人今年才認識，跟阿天似乎認識得更久的那些人就說了一些董介不知道的事蹟來取笑阿天。董介聽了就說「沒想到阿天是這種人啊」，滿足了那些人在人際關係上的虛榮心，也炒熱了取笑阿天的話題。我笑著在一旁觀望。

話題很自然地轉到了兩人認識的經過，董介只說了「那是因為……」就停下來看著阿天，想必是出於禮貌，也是一種話術，然後阿天自己解釋說「因為董介去參加摩艾的活動」，這麼一來就能毫不費力地把話題轉到摩艾。

周圍的人聽到這話並沒有任何異常的反應。

聽到阿天提起摩艾，眾人都笑了。其中一個人說：「天野，你還在搞那些世界和平的活動啊？」原來他們笑的是摩艾這種偉大的形象。

「好好好，我再說一次，我不是拯救世界的英雄啦。」

以他的外貌說出這句臺詞實在太貼切了，所以又惹得眾人哄堂大笑。

「那是個很了不起的團體吧？」

「還好啦，不過至少比你們對社會更有貢獻。」

阿天這句裝帥的發言引來了不少吐槽。

這時被阿天帶來的女孩拿著飲料走過來。

「領導者一定很器重你吧。」

阿天噗的一聲笑出來。

「不不不，才不是這樣咧，我稍微偷懶一下就會被那傢伙罵，所以我們動不動就吵架。唉，阿廣雖是領導者，但實在太囉嗦了，害我忍不住想抱怨：『難道妳是我媽啊？』」

阿天向來很少提別人的閒話，此時卻特別多嘴。

「是女的？長得漂亮嗎？」

「比不上在場的各位美女。」

阿天的玩笑話兼讚美把女孩子們都逗笑了。一個戴眼鏡的女孩說「你就是對每個女生都說這種話才會老是被甩掉」，這真是完美的助攻，我們最期待的就是阿天的戀愛故事。

沒錯，這是我們的目標。

老實說，我個人對他的戀愛故事沒有絲毫興趣。

我們的目標和我自己的喜好根本不一致。

可是我自己也覺得奇怪，雖然我不喜歡摩艾成員像在信仰宗教一樣把領導者視若神明，但是聽到幹部批評領導者，我還是覺得失望又憤怒，心想摩艾怎麼會變成這種私下批評領導者的組織。

我知道不能感情用事，所以還是得冷靜地聽下去。

對了，剛才那女孩說的不是「甩掉」，而是「被甩掉」。原來旁人認定的事實是這樣。

剛才董介說過很可愛的那個女孩一邊喝著罐裝氣泡酒，一邊「唔……」地沉吟。

「我覺得你們的領導者一定喜歡你。」

「我不是說了我們老是吵架嗎？」

「女生都是這樣的啦。」

她敢代表女性發言，多半是對自己的容貌很有自信。

「同校的人覺得如何？」

如果是平常突然被人問到，我一定會驚嚇得來不及反應，還好我今天是有備而來，才能搶在董介之前回答。

「我們不認識摩艾的領導者。」

「是啊。去參加摩艾的活動時也看不出他們之間有什麼特別的狀況。」

聽到董介配合的回答之後，或許是不符合那女孩的期望，又或許是她本來就對我們沒興趣，她立刻把視線拉回阿天身上，說著和先前完全無關的發言：「天野動不動就會喜歡上別人。」

如果我會為這點小事生氣，那我的日子早就過不下去了，再說，她的發言還給我們帶來了意想不到的幫助。

「對了，聽說你最近好像交了女友？」

突然有個男生這麼說，眾人立刻開始鼓譟，就連先前不在這邊的人都跑來加入。有些大學生看到別人起鬨若不加入就會渾身不對勁，看來今天的聚會中也有這種人。

阿天說「別提這事啦」，喝了一口氣泡酒。我注意到他的笑容變得和先前不太一樣，這是因為他對自己的惡劣行徑感到內疚嗎？還是這群人其實不是他的「朋友」，所以不會對那些事情一笑置之？或者他只是不想在女孩子面前提到這些事？

「真的假的？恭喜啦！對方是怎樣的人？」

「該不會又是已經在工作的人吧？」

「真是可喜可賀啊！喂，這次應該沒問題吧？」

眾人的發言不像祝福，反而比較像是揶揄，但我更在意的是他們的語氣之中還帶著些許擔心的意思。

面對大家的祝福，阿天噘著嘴巴裝出不高興的樣子，然後他敲響手上的夾子吸引大家的注意，簡短地說了一句：

「我們沒有交往啦。」

我和董介互望了一眼。

「喂，你的情報真不可靠！怎麼搞的嘛？」

一個金髮的人交互望向剛才爆料阿天戀愛消息的人和阿天。我一直注視著阿天，同時把鋁罐靠在嘴邊，免得有人發現我直勾勾地盯著他。

「那真的太遜了，我本來是不想說的……」

阿天垂下眉梢，露出了顯然是在自嘲的笑容。

這個表情一定就是他藉以在這個社會生存下去的能力吧。

「我在摩艾裡是負責管理聯絡名單的，所以我都會主動說出自己的聯絡方式，有一個在活動中聊過的人後來就約我一起吃飯。」

「這是搭訕嗎？」

「才不是！應該說是慰勞我吧，而且我給的是專門用來處理公事的信箱。我只是在活動那天覺得兩人之間氣氛不錯，所以活動解散之後還傳訊息給她，她就開口邀我出去了。」

「所以你就喜孜孜地去了吧！」

一個女孩帶著笑意說道，阿天搖頭否認。

「我可沒有心懷不軌，妳問這些人，如果是他們一定也會去的。」

阿天指著在場男性說道。

「如果有性感的大姐姐找我出去，我當然會去。」

有一個人露出曖昧的表情附和了阿天。

「如果有成熟帥氣的大哥邀我我也會去的。」

剛才那位代表女性發言的女孩可能是想做形象給某人看，所以說出這句沒必要的發言，女孩們又鬧得更凶，阿天的事也被炒得更熱。

我急著聽後續發展。他說是對方主動邀約？

「就是嘛，被女生約出去也沒什麼不對的吧。見面之後感覺也很不錯，所以後來我們又約出去好幾次……接下來就真的遜掉了。」

他是想要藉著表明知道自己很遜讓自己顯得不那麼丟臉。不只是阿天，這招任何人都會用。

「最後我才發現，只有我以為我們在交往，她根本沒有這個意思……乾脆現在來做個問卷調查吧！」

「不愧是摩艾的人！」

這句吐槽讓大家都笑了。但我覺得就算是扭曲後的摩艾也不會為了這種事做問卷調查。

「狀況A：兩人已經牽過手好幾次，但是沒有在交往。狀況B：雖然沒有明說，其實已經在交往了。大家覺得哪種情況比較常見？」

我覺得兩種都很常見，這得看每個人各自的經歷，所以我不確定阿天能否得到想要的答案。因為他要求大家舉手，我和董介都選了後者——交往是雙方的默契，無須明說。也就是說我們都支持阿天。

結果兩個選項的票數差不多。

比起投票結果，我更在乎的是阿天的心態。

「真的假的？妳們看看，這些人比我更隨便，他們跟女友之外的人也能若無其事地牽手耶。」

阿天對著投票支持他的女孩們說道，她們都露出了不置可否的溫柔笑容。

照阿天說的話聽來，他不會跟沒有交往的女生牽手。如果他說的是真話，想必也不會有更親密的接觸囉？

「別看天野這個樣子，其實他還挺純情的。他的內心根本還是個處男。」

「你說誰是處男啊！」

處男一詞在這夥人之中似乎是個很能炒熱氣氛的話題。無意義地鬧過一番之後，有個人似乎想要結束這個話題，拍拍阿天的肩膀說：

「還沒放太多感情就看清了對方的真面目也算是好事，這樣就能繼續往前走了。」

「就是說啊，還好不用搞得像上次那樣要死要活的。」

「的確呢，誰來矯正一下我喜歡大姐姐的癖好吧。」

阿天刻意地製造笑料，看樣子沒辦法繼續追問他上次的戀愛是怎麼回事。但這次我很幸運地猜錯了，這世上還是有很多不懂得察言觀色的人。

「上次發生了什麼事？」

一個女孩向阿天問道。她穿著純白的可愛服裝、眼角下垂、先前一直笑咪咪地待在人群中，裝成只是跟著別人來的單純女孩。

現場氣氛瞬間凍結，但阿天判讀及操縱氣氛的技巧相當高明。

「沒有沒有，什麼都沒有！什麼都沒有！只不過是人家找到了比我更好的男人罷了！」

阿天誇張地高舉一隻手用力揮動，像是要抹消那件事，周圍的男生都嚷嚷著「別說了！我都要哭了！」、「你還真會自虐」，先前的尷尬氣氛頓時煙消雲散，那個故作天真的女孩又裝出訝異的表情。

阿天的戀愛話題漸漸沉寂下來，十分鐘之後就沒人再提這件事了。我們還刻意走近阿天他們旁邊，想要聽聽他們是不是會再洩漏重要的訊息，結果後來只是吃吃烤肉、被勸著喝酒、聊了一些我們被錄取的公司的事，就到了收攤的時間。

我和董介兩人自告奮勇接下倒垃圾的工作，就是要把沒喝完的寶特瓶倒乾淨，再送去附近超市的資源回收箱。

我們拿著垃圾袋走著，確認旁邊沒有其他人之後，董介先開口說：

「好像跟我們想的不一樣。」

我猶豫著該不該點頭。

「目前還不能確定，說不定阿天是在說謊。」

「看起來不像啊。」

我再次猶豫該不該點頭，結果我什麼都沒說，默默地去倒垃圾。我們此時的失望化為嘆息，清晰地被錄音機錄了下來。

過了三個星期左右，我從意想不到的地方聽到了可能是真相的事。從川原小姐的口中。

「阿天這個人很不錯耶。」

在打工時，川原小姐突然找我閒聊。一聽她提到阿天，我就充滿了期待。

「他是田端先生的朋友吧？」

「我跟他沒有很熟耶，怎麼了嗎？」

「他乍看是個輕浮的帥哥，但我最近跟他去喝酒，對他有些改觀了。」

川原小姐應該不是應屆入學的吧？想到自己大一時的生活，我就不想問這麼自討沒趣的問題。

「我覺得他很有義氣。」

我從沒聽過別人這樣形容他。

「或許吧……為什麼這麼說？」
「我剛加入摩艾時，有人提醒過我阿天是個花花公子，叫我要小心，所以我在喝醉之後問了他這件事。」
我沒有跟她說「妳怎麼敢直接問他」，這也是為了聽到有益的情報。
「他常常被已經在工作的女人甩掉，但他不想說對方的壞話，所以都跟摩艾的人說是自己甩掉別人的。啊，他當然沒有說得這麼不客氣，反正大概就是這樣啦。他真是個好人。」
川原小姐的語調沒有改變，但是從她話變多的樣子就知道她很興奮。我心想「看不出來她會喜歡這種裝帥的男人」，但事實好像不是這樣。
「這個人很會自我陶醉，這樣真好。」
「……妳上次也說過這種話。那樣到底是哪裡好？」
川原小姐用力點頭說：
「能迷住自己的人才能迷住別人啊。我可以理解他為什麼受歡迎、為什麼老是找戀愛技巧比自己高明的社會人士。」

先不管川原小姐能否預見自己將來會因哪個自我陶醉的人而受害，總之我聽到她提供的情報不禁有些失望。

在咖啡廳遇到的那群女孩和我們都誤會了阿天嗎？

打工結束後，我打電話跟董介說了這件事，他回答「這樣啊」。董介也用自己的方式向阿天刺探過，並沒有發現他對誰始亂終棄。除此之外，依照阿天的說法，讓他會錯意的那位女性的同事現在還和摩艾保持往來，如果阿天真的對她做過什麼壞事，應該不可能會有這種情況。

討論過後，我們決定放棄從阿天這個途徑來攻擊摩艾，因為看起來成功機率不大。

我們的作戰計畫宣告失敗。

※

聽到秋好交了男友時，我有些意外。

「喔喔，妳終於也交了男友。」

「你的反應真冷淡。」

她開頭說了一句「要自己講還真不好意思」，鼓起勇氣告訴我之後，我卻沒有太大的反應，讓她相當不滿。不知道是因為生氣或害羞，她的臉上稍微泛紅。

我確實很驚訝，一方面是因為她的男友是我透過摩艾認識的人，但還有更重要的理由。

「原來像妳這樣的人也會談戀愛。」

「你把我想成怎樣的人啦？」

就是秋好壽乃啊。

說是這樣說，其實大學生交交男女朋友本來就很正常，而且秋好交了男友並不會改變我們的關係，因為她還沒交男友的時候，我們兩人相處的時間就已經變少了。

當時摩艾已經得到校方認可，成為擁有很多成員的龐大組織。

發起了小規模義工及救災活動的摩艾不只增加了新成員，還出現一些大人在後方支援。有了後盾之後，秋好在校內的評價也改變了，有個女老師邀請秋好加入他們的專題研究，為經營組織提供建議，校內刊物也把秋好描寫成一位正經的領導人物。研究所之中為協助學生選擇出路而成立的團體不只沒有排斥秋好，反而還把她當成後繼者一樣大力支援，甚至把財力雄厚的畢業校友人脈提供給摩艾，這當然更加速了摩艾的成長。如今想想，現在摩艾舉辦的交流會就是源自那些團體的部分例行活動，只是規模比較小罷了。

就這樣，摩艾一下子成了擁有幾十位成員的大組織。真是令人驚訝，沒想到一點機緣巧合和好運會讓摩艾產生這麼大的變化，只是我至今仍不知道這件事對誰而言算是好運。

秋好問過我幾次「你覺得這樣好嗎？」、「你不討厭這樣吧？」，我認為摩艾只要照著秋好的理想來運作就好了，所以沒有說過任何反對的意見。

開始舉辦大型活動之後，秋好變得更忙了。雖說有很多人在背後支援，但她畢竟只是大一生，我都不知道她當時承受了多少壓力、背負了多少責任。那陣子我不時會看到秋好因為力不從心、或是活動成果不如預期而露出苦悶的表情。

即使如此，在分離之時她還是堅持著理想嗎？我由衷期望她的心中多少還保持著一些理想。

所以我覺得，在摩艾變動的時期有心愛的人在背後支持她是一件值得慶幸的事，我當時真該表現得高興一點。但現在說什麼都太遲了。

※

爆料阿天醜聞的作戰計畫失敗後，我們不知道應該再做些什麼。畢竟我們只是單打獨鬥、缺乏後臺也缺乏援助的大學生，能做的事本來就有限，下一次交流會也要很久之後才會舉辦。

在畢業前的有限時間裡，能做到什麼就盡量做吧。於是我們嘗試了很多方法。

首先是去社群網站申請幾個帳號，偽裝成虛構的大學生和社會人士，在無關緊要的日常交流之中摻雜一些對摩艾的毀謗，總之就是效果不大卻很陰險的挑釁。也是因為才剛開始不久，影響力當然不足以毀滅摩艾，但是總比什麼都不做來得好，所以我和董介一有時間就盯著手機看。

我們也試著在社群網站上找尋摩艾的反叛分子。摩艾裡面如果有人對組織不滿，說不定能為我們提供協助。社群網站上其實有很多學生會批評摩艾，但他們只是很普通地在發洩情緒，不像我們是刻意攻擊，我們持續觀察那些人的日常交流，藉以研判他們是不是摩艾的成員。不過仔細想想就知道，說摩艾壞話的成員如果像阿碰一樣只是處在最邊緣的人，一定沒辦法對摩艾造成致命的打擊。能造成摩艾致命傷的人物——譬如阿天——也有推特和臉書，但他當然不會寫出不利於摩艾的文章。

除此之外，我們光靠手機和不足的知識所能做的，就是把社群網站上找到的受害人發言複製下來四處散播，或是直接寄給摩艾成員的帳號。我們也不斷地把一些半假半真的情報傳給阿廣和阿天的帳號，像是某社會人士抱怨因為在交流會建立的人際關係而無法進入期望的業界、或是某男生抱怨女友被社會人士搶走。有些本來就對摩艾不滿的人也被我們的行動所感召，加入了攻擊摩艾的行列。

阿廣和阿天還是繼續保持沉默，有些摩艾成員會傳訊息來向我們抗議，不過我們用的不是真實身分，所以根本不痛不癢。

我只有一次稍微被嚇到，那是因為川原小姐突然提起這個話題。

「只敢躲在安全的地方嘲笑別人的傢伙真是垃圾。」

我還以為川原小姐知道那些事是我們幹的，還好不是這樣，她只是隨口閒聊。自從烤肉會之後，川原小姐比以前更常找我說話，說不定只是因為我們變得比較熟了。

既然川原小姐會提起，可見這件事在摩艾之中也鬧得很大。我和董介打算讓這把火燒得更大，所以決定印傳單。

董介一向是積極參與文化祭的那種熱心學生，他一聽我說要印傳單，就用 Word 做了一張如同殺人預告、用不同字體和大小的文字拼貼成的傳單，帶來我家給我看。

「容我冒昧問一句，你每天都閒著沒事做嗎？」

「這明明是你的主意耶！」

董介在上次的作戰計畫失敗之後仍和阿天保持往來。

「前陣子我們一起去吃飯。那傢伙真是好到叫人火大。」

我早就不跟阿天往來了，但董介還是繼續跟他當朋友，同時又積極地協助我，真是個講義氣的人。雖然他為了有很多朋友住在宿舍所以反對去那裡散發傳單，但他肯幫忙做傳單就讓我非常感激了。

「阿碰很想見你喔。」

我正忙著把存在雲端硬碟的資料傳到我那臺只有基本功能的印表機，看著它不斷吐出大量傳單，董介一邊喝著乳酸飲料一邊說：

「她說在大學裡都沒有遇到你。」

我知道「很想見你」只是董介的誇張說詞，所以不以為意。

「下次我們三人再一起去喝酒吧。」

「嗯，只要是我沒有打工的日子都可以，以她的時間為主吧。」

我只是隨便敷衍，結果竟然沒過多久就碰到我們三人都有空的日子。我雖說了「竟然」，但我並不排斥和她見面。

三天後，我們三人又聚在一起了。

這次的地點是董介家，理由是比較省錢，以及董介剛買了章魚燒機。這理由聽起來很無聊，不過董介說他在找到工作之後都把時間用在討伐摩艾和自己做飯。

考慮到末班電車的時間，我們決定約早一點，訂在晚上六點。從天色還很亮的時候，我和董介已經開始切事先買好的食材，他在廚房，而我在客廳的小桌子上切，切到一半門鈴就響了。

董介去門口迎接時，我聽見他們好像在爭論什麼，接著阿碰走了進來。

「楓學長，好久不見，你好嗎？」

「嗯，託妳的福，一切平安。」

「那真是太好了！」

阿碰還是那麼有活力。她結實的上臂從夏季的短袖衣服裡露出來，手上提著一個紙袋。

「董介學長，這是蛋糕，請你心懷感激地收下。」

「喔，謝啦。妳可以幫我放進冰箱嗎？」

迎接來賓之後立刻回到廚房切章魚的董介對阿碰說道，阿碰就一副熟門熟路地打開冰箱。她把蛋糕放進冰箱的背影也很有女人味。

「阿碰來過董介家嗎？」

我一邊切著蔥，一邊向仔細摺好蛋糕紙袋的阿碰問道。

「我們的專題小組有一次來這裡聚會。因為這裡挺寬敞的。」

董介的住處光是客廳就有五坪，而且收拾得很乾淨，以一個大學生的住處來說算是很寬敞了。

「我現在該做什麼呢？」

阿碰在洗臉臺洗過手之後，看著主人問道，董介以喀啦喀啦的清脆聲音攪拌著章魚燒的麵糊，回答「冰箱裡有兩個保鮮盒，幫我拿出來放在桌上」，阿碰依言取出了保鮮盒，在切著紅薑的我面前坐下。她打開盒蓋，裡面一個放的是醃黃瓜，一個放的是番茄起司沙拉。

「喔！」

阿碰發出歡呼，捏起一塊黃瓜放進嘴裡。

「真好吃！楓學長要吃嗎？」

「啊，我也想吃，不過我現在沒空，等一下吧。」

我看著紅通通的雙手說道，阿碰就望向地上的袋子，取出一把免洗筷，從中抽出一雙掰開，把黃瓜夾到我面前。

「請用～」

我無法對眼前的黃瓜視若無睹，而且這種時候要是害羞就會更尷尬，所以我故作蠢狀地張嘴接受學妹的餵食。

這黃瓜似乎是用辣油、醬油和辣椒粉調味的，而且還保留著脆脆的口感，非常好吃。

最後董介組裝好章魚燒機，把食材放在地上的大盆裡，章魚燒宴會終於準備妥當。

在開始烤之前，我們先一起舉杯。三人慢慢地啜飲，等著鐵板變熱時，突然聽見手機震動聲，我們三人都依照現代年輕人的作風，各自望向自己的手機，然後董介喊著「是我的是我的」。

「啊，不好意思，我要出去一下下。等鐵板熱了再把麵糊倒進去，想加什麼材料就加什麼材料。」

「好～」

相較於一頭霧水的我，阿碰倒是答得很乾脆，然後開始按起手機。董介在我還來不及問理由之前就匆匆出門了。

是預定聘用的公司打來的嗎？會這樣想或許代表我的個性很認真吧。

我們依照董介的指示烤起了章魚燒，過了一會兒就聽到開門聲，然後是「我回來了」的聲音，接著又有一個「打擾了」的聲音。

客廳的門打開了，我抬頭一看，董介身後竟然跟著穿黑色工作襯衫的川原小姐，害我差點把嘴裡的氣泡酒噴出來。

「出……咦，川、川原小姐？」

烤肉會的情景又浮現在我的腦海，我在千鈞一髮之際把差點脫口而出的

「出現啦！」和氣泡酒一起吞回去。

「辛苦了！」

川原小姐像平時一樣微微點頭行禮。

「哇！川原小姐，初次見面，我是董介學長和楓學長的學妹，請叫我阿碰。」

「初次見面，我是川原。」

第一次碰面的兩人打過招呼之後，董介請川原小姐先去洗臉臺洗洗手。

我極力表現出訝異的神情，看著留在客廳的董介。

「喂，為什麼？」

「啊？」

董介臉上還笑咪咪的。看到這副笑臉我就知道他策劃了某些多餘的事，以及他這麼做的理由，但我猜不到他用的方法。他是怎麼聯繫到川原小姐的？他們在烤肉會那天應該沒有交換過聯絡方式啊？

川原小姐回到客廳，董介請她坐下，她便坐在我身邊的空位。我猜就連這個位置都在董介的計畫之中，而阿碰好像也知道川原小姐會來。

川原小姐一副沒事人的樣子，在被勸酒之後又被要求自我介紹，她就報上自己的科系和出生地。這是我第一次聽說她來自關西。

川原小姐專程從關西跑來這裡讀書，似乎和志願科系及考試科目有很大的關係。不好意思，比起這些我更想知道的是妳來這裡的理由。再次乾杯之後，董介才開始向我解釋：

「有一個晚上我跑去你打工的那間藥妝店，想要幫你捧個人場。因為我想給你一個驚喜，所以沒有事前跟你說，去了以後才發現你不在，只看到川原小姐。我跟她說最近準備舉辦章魚燒宴，問她要不要來，她說好，所以我就邀請她了。」

「我就被邀請了。」

「楓打工的地方有個這麼懂事的學妹，身為學長真覺得高興。」

董介一邊說一邊頻頻點頭，一邊喝著手上的氣泡酒。阿碰開玩笑地說：

「學長的原則就是看到漂亮女生一定要搭訕。」這是我第二次注意到川原小姐很懂禮貌，但還是有些驚訝，我開始覺得或許她真的本來就是這麼有禮貌的人。

我本來還在想，這麼爽快地接受川原小姐的到來真的好嗎？但是不管我接不接受，她都已經來了，所以我也無可奈何。我又不能趕她走，只好裝作什麼事都沒有，尋常地加入閒聊。這就是我基本的生活態度。

我平鋪直敘地向川原小姐說明了董介和我的關係，以及董介和阿碰的關係之後，章魚燒的麵糊開始噗嚕嚕地冒泡，逐漸凝結，我們從四個角落伸出竹籤翻面。

川原小姐和董介烤章魚燒的技術都很好，而阿碰和我只能說是差強人意。我還不至於差勁到可笑的地步，真正差勁的是說笑的能力。

章魚燒醬汁和美乃滋在四人之間傳來傳去，雖然只是有樣學樣，味道也還過得去。

沒想到第一盤很快地就吃完了，在第二盤烤出來之前，我們一邊等一邊吃著董介做的小菜和川原小姐帶來的零食。

聊了一些無趣的話題之後，阿碰問起川原小姐的大學生活。

「妳只有在藥妝店打工嗎？」

「嗯，現在是這樣沒錯。」

話題當然也轉向了那個方向。

「妳有參加社團嗎？」

阿碰這麼一問，川原小姐就淡淡地回答：

「我加入了一個叫作摩艾的社團。」

「真的嗎？我也是耶！」

川原小姐睜大了細長的眼睛，說著「喔喔」。

「不過我是幽靈社員，所以才一直沒有碰到妳。」

「原來是這樣。」

川原小姐只是簡單地附和，並沒有繼續聊下去的意思。阿碰可能看透了這一點，所以又追問了：「妳常去嗎？」我想起自己曾經比較過阿碰和川原小姐的個性，阿碰是個機靈的女孩，而川原小姐比較沒有那麼機靈，說不定就是因為這樣，她們談起摩艾的事情沒有半點緊張的氣氛。機靈的阿碰聽到川原小姐很積極地參與摩艾的活動，當然不會說出批評摩艾的意見。

「我還滿常去的，不管是再小的聚會。我喜歡聽別人討論事情。」

「喔？怎樣的事情？」

我真感謝阿碰一直聊摩艾的話題。川原小姐抬頭「唔」地沉吟。

「最近講到了戰爭生意。前陣子有建築系的畢業校友來參加，還談到了復興和建築業的事。」

「有趣嗎？」

「很有趣，尤其是參加的人都很認真的時候。」

所以川原小姐是個認真的人，而阿碰不是認真的人？我單純地想到這個問題。

「不認真的人也會去參加小聚會嗎？」

「說是小聚會，其實也有十來個人，有些人參加聚會是為了結束後跟大家一起吃飯，但我覺得這樣也很好。」

看來川原小姐的想法比我想像的更有彈性。既然如此，她應付無理取鬧的客人時為什麼不能婉轉一點呢？我當然沒有提出這個問題，但她主動做瞭解釋。

「不過有時看到一些人顯然是來把妹的，我就想要宰了他們。」

「喔？怎麼做？」

「譬如拿起手邊的筆，朝那人的眼球刺下去。」

川原小姐一邊說，一邊拿起插著章魚燒的竹籤刺向空中。原來如此，她只是認為對敵人沒有必要婉轉，不愧是流氓女大學生，真是太偏激、太亂來了。

「可是這種聚會不是經常促成情侶嗎？如果有想法相契的對象，就算本來沒有感覺，也很容易碰到兩人獨處的機會。」

「的確是這樣啦……」

川原小姐露出複雜的神情，她好像很不喜歡這種事，卻又不能批評什麼。

「那妳會這樣想嗎？」

阿碰不知為何一直追問川原小姐。

「這個嘛，我在聚會時也會盡量表達自己的想法。」

「呃，不是啦，我是說摩艾裡面有沒有哪個男生讓妳覺得不錯的。」

川原小姐微笑著搖頭說「沒有啦」。

「難道妳已經有男友了？」

「呃，沒有啦，不過……」

在極短暫的一瞬間，我感覺到阿碰瞄了我一眼，短暫得大概只有我會注意到。原來他們打的是這種主意，這兩個人竟然聯合起來搞這種無聊事。

我表面上當然不動聲色，心中的第一個感覺是又好氣又好笑，第二個感覺則是不舒服。

這樣會讓川原小姐覺得很困擾吧……我不禁這麼想。

所以我不懷好意地轉移了話題。

「阿碰是不是有個從高中就開始交往的男友啊？」

「什……喂！董介學長幹麼多嘴啊！」

阿碰把戳著漸漸凝結的章魚燒的竹籤指向董介，董介開心地笑著說「很危險耶」，然後又說著「有什麼關係，這是事實嘛」。

「從高中就開始交往了啊，很久了耶，阿碰學姐。」

「阿碰學姐這個稱呼好可愛喔！」

看到阿碰高興的樣子，川原小姐面帶微笑地回答「很適合妳啊」。我想她或許不是怕生，只是比較慢熱吧。

「我也不太清楚現在是什麼狀況，因為我們是遠距離戀愛，已經有一個月沒見面了。」

阿碰的笑臉之中帶著一絲消沉。他們換了環境一定遭遇了不少問題，我立刻後悔自己為何要提起這件事。

「啊，該翻面了。」

不知道川原小姐是為了幫我的失言圓場，還是真的只是關心章魚燒。我們像是忘了剛才的對話，七嘴八舌地翻動章魚燒。這次比剛才做得好多了，或許是因為川原小姐提醒的時機恰到好處。摩艾的話題被拋開讓我有些遺憾，不過繼續咬著不放反而不自然。

我當然記得自己的使命，但我們畢竟只是普通的大學生，所以像個普通的大學生一樣飲酒作樂也沒什麼不對的。我們吃著章魚燒，聊些言不及義的話題。後來都沒有再提到關於摩艾的重要證詞，所以就算喝醉也無妨。

一個小時、兩個小時過去了。

看來今天既無收穫也無麻煩，就只是單純地辦了一場愉快的宴會。這祥和氣氛和些微的緊張感讓我非常享受，其他人想必也是如此。我漸漸地放鬆了心情。

吃完阿碰帶來的蛋糕之後，宴會就到了尾聲。我們都喝了不少，我覺得眼花撩亂，阿碰滿臉通紅，董介笑個不停，而川原小姐則是搖晃著腦袋。

川原小姐有辦法回家嗎？我想到這裡就問她「妳沒問題吧？」，她重複地回答「是的，對」，看來真的有問題。

差不多要散會時，阿碰突然朝我探出上身。

「對了，為什麼楓學長要對川原小姐使用敬語啊？」

阿碰用醉醺醺的語氣問道，我不明白她為什麼到了此時又突然問這麼敏感的問題，但我沒有把這個想法表現在臉上。

我和歪著腦袋的阿碰四眼互望，突然想起了小時候發現其他孩子都開始把母親稱為媽媽時的心情。

「那個，因為在打工的地方不太確定誰才是前輩。」

我如實地解釋。

我看了川原小姐一眼，發現她正緊盯著我。

「是喔？可是你在大學裡明明是學長，在工作之外的地方都以平輩相稱就好了嘛。」

想不到阿碰會一直緊咬著這件事，我不禁又想偷看川原小姐的反應，最後還是忍住了，因為我怕阿碰發現我在看她會產生更多誤會。

其實我不需要對阿碰顧慮這麼多，因為她那充滿酒精的腦袋裡早就決定好方向了。

「一直說敬語會讓人覺得有距離耶。」

「距離……」

我喃喃說出這個詞，聽在阿碰的耳中會是什麼意思呢？

任何人之間都有距離，會感覺到距離也是應該的。我和川原小姐、阿碰、董介之間當然都有距離。

所以我不應該說出這個詞，讓這種距離感顯得很冷漠。

「妳說是吧，川原小姐。」

聽到阿碰叫川原小姐的名字，我才找到了望向她的理由。川原小姐正皺著眉頭。

看到她不高興的表情，讓我有點驚慌。

「我……」

我嚴陣以待。我怎麼看都不覺得她有辦法看穿阿碰的用意，她要說的話一定都寫在臉上了。這不是在損她，而是在表示我對川原小姐的瞭解。

「我……」

可是我再怎麼備戰也沒有意義。

「……我要回去了。對不起。」

川原小姐突然說出這句話，隨即站了起來，踉蹌幾步又站穩，朝我們三人點頭行禮，不等我們做出反應就往門口走去。我們愣然地看著她，她走到一半就轉過頭來，對著董介說：「對不起，今天的費用……」

「以後再給就行了。妳真的沒問題嗎？還是等酒醒了再走吧。」

「不用了，我沒關係。那，我下次再把錢拿給田端先生。先告辭了。」

川原小姐走得搖搖晃晃，手臂還撞到牆上。我看看董介和阿碰，阿碰的表情比我們更呆滯，董介就用手勢和臉部動作暗示我去追川原小姐，我大致上也同意這個提議。我起身追向川原小姐，她已經在門口穿鞋子了，我喊了一聲「川原小姐」。

「妳這樣子回得了家嗎？」

「沒、沒問題，我會用走的。」

「呃，我覺得用走的也很危險……妳還是再留一下吧。」

川原小姐此時才轉過頭來看著我。

我看著她時的心情若能解釋為同情或同理，就能輕鬆地自以為好人了，但事實並非如此，我只是想著自己該怎麼做，一邊慎選著用詞。

「那我陪妳走一段路吧，直到我覺得妳沒問題為止。可以嗎？」

「……這樣太不好意思了。」

「我很擔心妳會出什麼意外。」

川原小姐終於認命地點頭，朝我背後喊了一聲「打擾了，不好意思」，便伸手去抓門把，但她似乎使不上力，遲遲打不開門，所以我趕緊回客廳告訴那兩個人說我要送她回家。他們都沒有反對，阿碰還很擔心地說「都是我讓她生氣了……」，我安慰她說沒這回事。

我也跟著川原小姐穿好鞋子，一走出去就感受到一股暖風。我在走樓梯時盯著自己的腳下，小心地走到一樓，穿過自動門到了屋外。

「我可以去牽腳踏車嗎？」

「好。」

我打算送她回家之後再騎腳踏車回來，所以去停車場牽來了我從大一騎到現在的愛車。我考慮著要不要載川原小姐回去，但我也喝了不少，要是兩人一起摔車可就笑不出來了。

從這裡走到川原小姐住的地方需要二十分鐘，她來的時候也是用走的。

我牽著腳踏車走在川原小姐的身邊。

「對不起……」

沿著馬路走了三分鐘左右，川原小姐靜靜地說了這句話。

「沒關係啦，我在大一的時候也有好幾次喝過頭。」

「不是的……」

她欲言又止，似乎不知該如何啟齒。

「我是說……我就這麼逃走了。」

逃走。我大概明白這句話的意思，但我還是繼續裝傻。

「我不覺得妳有什麼理由要逃走啊。」

「不是的，那個，或許會惹人反感吧。」

川原小姐說話時沒有看著我。

「我不喜歡阿碰學姐說的那些話，但還不至於想要反駁，我知道她說的沒有錯，以我的口才也沒辦法解釋清楚，所以就這麼逃走了。」

川原小姐低著頭，臉上帶著可以形容為懺悔的表情。

「這樣怎麼會惹人反感呢？妳不用太在意啦。」

我就是知道她會這樣，所以才跟著她出來。

我說這話並非看不起川原小姐，而是我在門口的時候發現了一件事。

從她當時的眼神中，我看到了笨拙的人在躲避危險時會有的罪惡感和逃避的企圖。她和我有些地方很相似。

「我得找個時間跟他們兩人道歉。」

「嗯，我會跟董介說一聲，你們一定有機會再見面的。」

「謝謝你。」

川原小姐走得有些蹣跚，但還是繼續盯著前方。她這樣應該沒問題了，

我稍微放心了一點。

慢慢走向川原小姐家的途中，有一間像RPG存檔點一樣發出炫目光芒

的全家便利商店，我們走了進去。我買了水，川原小姐喝了一口之後就自我告誡似地說道：「我今天喝過頭了。」

用一百圓的水換來好幾句感謝之後，我們又繼續上路。川原小姐的腳步還是走得有些搖晃，讓我覺得跟著她是對的。就算會造成誤解。

我心想一定要跟董介他們解釋清楚，正在思考要怎麼說的時候，走在一旁的川原小姐開口說道：「那個……」

「是！」

我的語氣莫名地緊張。

「對不起，我剛才不應該說我不喜歡阿碰學姐的發言。」

「沒事的，別在意。」

「那不是謊話，但我想要解釋一下不喜歡的理由，可以嗎？」

「喔，好啊，請說吧。」

如果她是因為那種陰陽怪氣的曖昧氣氛而不高興，我完全可以理解，但我仔細回想，她在意的似乎不是這件事。我有點好奇，不知川原小姐是怎麼想的。

「那個，簡單說，我覺得人與人的距離是兩個人自行決定的。」

「……呃，妳是說旁人沒資格插嘴嗎？」

「要這麼說也沒錯啦，還有，我覺得和任何人的相處模式都沒有標準範本。」

川原小姐一邊說一邊按著額頭，像是在思索適當的表達方式。

「要說這種話不太好意思，反正我現在喝醉了，就請你包容一下吧。那個，正如阿碰學姐所說，你是我的學長，不需要對我說敬語，但是用敬語也很好。」

川原小姐吸了一口氣，她還是沒有看著我。

「這是因為你考量過和我之間應該保持多少距離，我覺得大家應該更尊重這種考量。」

距離的重要性。

「距離和情誼的深淺是不一樣的價值觀……還是該說面向？對不起，我的詞彙不夠，沒辦法解釋得很清楚。」

「沒關係，我大概可以理解。」

我向來很注意自己和別人之間的距離，還以此訂立了自己的人生信念，所以我當然理解。

但是川原小姐接下來說的話卻讓我聽不太懂。

「你能自己決定和別人之間的距離，我覺得這樣很棒。」

「……啊？」

我愣了一下才發出疑問，因為我還在思索她說的話。

「雖然我已經醉了，但我不是會說客套話的人，我是真的覺得這樣很好。就像我喜歡自我陶醉的人，我也喜歡自己決定價值觀的人，還有自己決定距離的人。」

她一定很不習慣稱讚別人。川原小姐又喝了一口水，面朝前方發出哼哼聲，彷彿很靦腆地笑著。

我再次對她的發言感到驚訝。

很久沒有人贊同我和別人保持距離的信念了。

我非常不習慣被人當面……不，她並沒有和我面對面，總之我非常不習慣有人稱讚我的價值觀。

「這樣啊，那真是謝謝妳了。」

我不知道除了這句話之外還能說什麼，川原小姐好像也不知道該接什麼，只是簡短地回答「嗯」。

沒想到她竟然這麼欣賞我，結果我先前還一直把她視為流氓女大學生。

之所以說「先前」，是因為我和她在私下見過幾次之後又有了新的認識。並不是改變了觀點，而是增加了更多觀點。

川原小姐雖然冷淡，卻很懂禮貌，是關西人，某些地方和我很像。

她也和我一樣學不會圓滑處事的技巧。

而且我們都不是會努力找話題的人。

後來我們兩人沒有再說什麼，默默地走在夏季的夜路上。川原小姐在途中看見貓，說了一句「啊，是貓耶」，這是最有意義的發言，讓我發現了她喜歡貓。

最後到達一間看起來像學生公寓的樓房前，川原小姐向我道謝，我回答「不會」，然後互相行禮道晚安。

「啊，對了，剛才我提到距離的事，我不是叫你要對我使用敬語，不說敬語也可以。」

「喔喔。」

如果我是在這種時候能夠輕鬆回應的人，我的大學生活一定是交遊廣闊、處處逢源。

「那我要看準妳鬆懈的時候再說。」

我努力想到的玩笑話讓川原小姐笑了。

「好，我等著。」

她又向我道謝和道歉一次，鞠了個躬，就走進公寓。我依然站在原地，等到樓上傳來關門聲，才騎上腳踏車。

後來董介對我開黃腔說「你騎上的不是腳踏車吧」，我本來還在想該怎麼教訓他，但他利用人脈幫我找了一份很好的臨時工，我就不再跟他計較了。

董介開始找工作之前，曾在大型補習班以解題老師的身分發揮他的溝通能力。我是不上補習班的人，所以不太清楚解題老師是做什麼的，但是光看要跟高中生應對這點，我就知道自己一定做不來。

董介藉由這個管道找到了模擬考監考老師的工作，也順便介紹我一起去。薪水很可觀，足以讓我原諒他開的黃腔。

我穿上了在求職活動結束後都沒穿過的西裝，一大早就去到那間補習班，和董介簡單打過招呼之後，依照櫃檯指示進入一個房間，裡面擺著長桌，已經有幾位穿西裝的人坐在那裡，我便走到後面坐下。在安靜的空間裡等了一陣子，有一位年輕男性走進來，對我們說明工作內容。細節就不詳述了，總之我們只要發下考卷、盯著學生考試，再收回考卷就好了，非常簡單。

我們確認過資料後，被分派到各間教室。我分到的是一間可容納上百人的狹長教室，裡面放的不是長桌，而是一個一個分開的獨立座位，在學生到來之前的空閒時間，我就在安靜的教室裡把桌子排列整齊。

時間到了之後，學生陸續走進教室，我公式化地念起他們前方大黑板上的注意事項，譬如要檢查准考證號碼如何如何、考試開始前十分鐘如何如何。大家都能看到黑板，所以想必沒有多少人會認真聽我說話，讓我覺得很輕鬆。

考試時間一到，我就發下考卷，宣布開始作答。在考試時間結束之前，我只要保持清醒地坐在前面的椅子上，偶爾走來走去假裝監視就行了。這是連我都能做的簡單工作。

我在教室裡走了一圈，然後坐在椅子上休息片刻，看著一排排考生的頭頂。他們每個人的髮色、頭髮長度、體型、服裝都不一樣，但全都做著相同的動作，看起來就像同一種生物。

我們既然找到工作就算是社會人士了，看到這個景象，我不禁覺得當面試官真是辛苦。想要從外觀和內在都差不多的人群之中找出優秀人才，就必須用學歷來判斷，用履歷表、性格分析、面試、團體討論來判斷，好不容易找出了看似適合的人才，結果卻被像我這樣的人欺騙，光想就覺得可悲。

摩艾的網站上炫耀似地列出了成員們輝煌的就職紀錄，但是摩艾就算能培養出優秀人才，也無法培養出個性獨特的人。我最近在發黑函時順便看了一些摩艾成員的社群網站，發現從領導階級到底層成員都是刻板模樣的大學生，不然就是極力隱藏自我，讓人覺得索然無味。

現在的摩艾只會教導平凡的人們該如何扮演另一個人，好在求職的戰場上生存下來。這些方法包括了討好巴結以及自吹自擂，和「成為理想的自己」根本是背道而馳。

我並不是完全否定這種做法，就算是我也不得不為了在這個社會生存下去而學習這些技巧，但這樣就不是本來的摩艾了。

這樣就不是在容納上百人的教室裡獨一無二的那個人秉持理想所創立的

組織了。

摩艾是我們堅持真正的理想和信念、為了成為真正的自己而創立的，我不希望它改變。

當然，我既然創立摩艾又放棄了它，多少也得負點責任。

所以我有義務讓摩艾回到從前。就算要毀掉它。

說是這樣說，但我該用什麼方法來毀掉它呢？我得儘快找出方法才行，總不能一直玩寄黑函這種小把戲。期限是到我畢業的那一天。時間想必很快就會過去了。一人獨處的時候，時間感覺很漫長，一旦決定了期限，時間就會流逝得特別快。

或許我該換個思考模式。我本來打算讓摩艾停止活動，其實我不一定要做到那種地步，能讓它失去信用而衰敗也就夠了。或者是讓幹部們失去信用。總之只要讓摩艾改變現在的樣子就行了，如果能再創立一個真正依循摩艾信念的團體就更棒了。真正的摩艾既不需要實績也不需要名聲，只需要純淨的理想，就像從前一樣。

我把目標降低到讓摩艾衰敗，重新思索，不知不覺間，第一堂考試的結束鐘聲響起。我收回考卷，宣布下一堂考試的時間，教室內的氣氛頓時一輕，有些學生立刻跑到走廊上聊天談笑。我見了這景象，不由得想起自己準備應考時的情況。當時的我深信有沒有考上大學會大大影響我的人生，但結果並非如此。要說我有什麼比這些學生更懂的，頂多就是這件事而已。短短幾年改變得了什麼嗎？還有些自視過高的社會人士特地來參加交流會、向學生講述他們自以為寶貴的體驗，難道他們以為這樣對別人有幫助嗎？

十五分鐘後，第二堂考試開始，我要做的事還是一樣，只要盯著考生，別做些多餘的事就好了。這可是我的專長，尤其在進了大學之後我都是這樣過日子的。

我繼續想剛才的事。那些社會人士特地跑來教導學弟妹某些事情，就算他們想要幫助學弟妹，我也不懂他們怎麼有辦法把精力花在一些無關緊要的人身上。

我在專題小組中也有學弟妹，但我和他們一向疏遠，從來沒想過要幫他們什麼忙。會跟我閒話家常的只有川原小姐，但我也沒想過要主動照顧她。

董介倒是經常做這種事，尤其是對阿碰，如果她遇到麻煩，他一定會主動幫忙。這不是因為董介像我開玩笑時說的一樣想要追求阿碰，他本來就是這麼熱心的人，如同他對我的熱心幫助，他也很照顧阿碰和其他學弟妹。

在我看來，董介和阿碰之間的關係真是不可思議。我從來不懂要怎麼和學弟妹培養友情，所以我不認為光是送人回家就能建立親密友誼，就連董介也不會這樣想吧。

接下來我一直在想董介過去的戀愛經驗，第二堂考試就這麼結束了。

再休息十五分鐘，第三堂考試也無所建樹地過去了。我們和考生們都有一段很長的午休時間。

考生都去餐廳或附近的便利商店吃午餐，而我們有補習班準備的便當和茶水。我們在早上集合的房間裡吃便當，這房間就像一個加油站。

片刻以後，董介也進來了，我們為了毫不辛苦的工作而互相慰勞，吃起軟嫩的炸魚排。

「好懷念啊，我在監考時還想著真不想再回去考試。」

董介沒先問過我就把他討厭的酸梅乾丟進我的便當盒，一邊感觸良多地說道。

「至少比求職活動輕鬆。」

「這倒是真的。」

我想只要是經歷過求職活動的人都會同意這句話。

我把兩顆酸梅乾的其中一顆放進嘴裡時，董介突然「啊」了一聲，像是想起了什麼事。

「對了，我前天看到川原小姐和阿碰一起坐在學生餐廳吃飯。」

「喔，這樣啊。」

董介多半以為我只是隨口回答吧。還好她們兩人沒有因為那天的事而產生嫌隙，那我就放心了。

不過董介似乎看穿了我的心思，他燦然一笑，喝了一口茶，從口袋裡拿出手機。

他一看就喃喃地說「又是垃圾信」，然後把手機放在桌上。

「最近的垃圾信還真多。」

「你一定逛了不正經的網站吧。」

「我只看優良網站。」

我一邊想著怎樣的網站算是優良網站，一邊拿出手機檢查信箱，沒看到特別的動靜，接著又去看社群網站，還是一如往常。

「像我這種優良學生都不會收到垃圾信。」

「你再看仔細一點。」

董介把手機拿給我看，確實有很多陌生信箱寄來的信。我接過他的手機，開啟郵件一看，雖然他說是垃圾郵件，其實都是公司人資寄來的面試邀請，或是某些活動的宣傳，總之都是我們已經不需要的資訊。

「你應徵過那麼多間公司啊？」

「才沒有，為什麼他們會知道我的信箱？難道黑市裡有在賣優秀學生的信箱嗎？」

「先不論你優不優秀，至少學校的名字聽起來很響亮。」

我們在這個重視學歷的社會確實受了不少恩惠。

「我的信箱不知道可以賣多少錢。」

「不可能一個一個地賣吧，要賣也是賣登記了學生資料的名冊……之類的……」

我一邊說，一邊注意到某種異樣的感觸。

心裡模模糊糊地想到了一些事。是什麼事呢？

學生資料……名冊……

我感覺這些名詞和過去的某些事情有關。就像在找尋癢處一樣，我不想輕易放過這個感覺，所以沒有理會董介問著「怎麼了？」，努力回想最近發生的事。

一回溯就發現了目標。

我找到了。

「董介，你是從什麼時候開始收到垃圾信的？」

「三、四週前吧。」
「具體來說是哪一天？」
董介露出不理解的表情，滑起手機螢幕，說著「大概是這陣子吧」，給我看了幾封郵件。
我交互望向手機上顯示的日期，以及掛在牆上的月曆。
似乎是猜對了。
「這就是和阿天一起參加烤肉會的下一週。」
「是嗎……」
「你會突然收到這麼多垃圾信，一定有什麼理由。」
「嗯？難道你……」
悟性極高的董介似乎明白了我想說什麼。
如果……如果我想得沒錯，如果真的是這麼一回事……
那我們就找到殺手鐧了。
「等一下。」

我制止了正要開口的董介，用自己的手機登入了平時沒在使用的信箱。

過了一會兒，螢幕上出現收件匣的畫面。

我幾乎冒起雞皮疙瘩。

「中獎了。」

我把手機拿給董介看，裡面塞滿了類似董介收到的垃圾信，內容想必也是一樣的。

「也就是說……」

我說到一半就停下來，吞了口口水。

「阿天擅自把我們的資料交給這些公司了。」

「……光看這個就能確定嗎？」

「這是免洗信箱。」

看見董介皺起眉頭，我又繼續解釋：

「這不是我平時在用的信箱，而是隨便申請的免費信箱，因為我怕自己的信箱會收到莫名其妙的東西，所以特地申請一個免洗信箱，碰到不信任的人就給他這個信箱地址。大家在求職的時候不是都會另外申請一個信箱嗎？」

「沒有啊，我都用原來的信箱。」

「真的假的？那一定會收到很多信吧……」

「是啊，所以我才討厭垃圾信。」

沒想到勤奮的董介對個人資料的管理竟然如此散漫，我都不知道他還有這一面。

「總之我這個免洗信箱是剛申請的，只用過一次。也就是說……」

「也就是說……」

「我明明只給過阿天，卻收到這麼多的徵才廣告，這太奇怪了。」

「是啊。不過我們又不是摩艾的人，幹麼連我們的信箱都給？」

「或許他給那些公司的名冊不是依照社團分類，而是依照學校分類。像你平時那麼細心，對信箱的管理卻很粗心，他或許也有一些很隨便的地方。」

我說到一半，突然全身一震。

我明白。

終於找到了。

這個籌碼如果運用得當，就能成為擊垮摩艾的必殺武器。這樣至少可以讓阿天垮臺，說不定還能揪出更上層的人。這年頭大家都很重視個資，這件事一定會讓摩艾遭到圍剿。

不過我們需要更有力的證據，因為我無法證明這個免洗信箱只給過阿天一個人，這麼一來攻擊力道就很有限了。還有沒有更好的證據呢？

「最理想的證據就是阿天交給那些公司的名冊，但是應該很難拿到吧。」

「唔……阿天又不可能給我們。」

「川原小姐和阿碰也不可能會有吧。」

「那就只能潛入幹部的家了。」

我一聽就笑了，這個選項更加不可能。

結果我們整個中午都沒有想出方法，只能在監考時繼續想。

我在教室裡等著，考生慢慢地走進來，一臉嚴肅地入座。在發下考卷時，我表面上很平靜，其實心裡興奮得不得了。我終於找到武器了。

接下來才是重點。已經得知的事實。已經拿在手上的重型武器。到底要怎麼使用才能給予敵人有效的攻擊呢？不能花太多時間，我好不容易找到他們的錯誤，一定得利用這缺口讓整個水壩潰堤。

我坐在教室前面焦急地思索，但是越心急，思路越是在同樣的地方打轉，始終繞不出去。我甚至忘了要四處巡邏，在我思索之間，第四堂考試就結束了。

接下來是最後一堂。教室裡充滿了考生們的疲倦和最後衝刺的鬥志，而我的腦袋也為了在這時間內想出主意進行著最後衝刺。

結果我的殫心竭慮也和考生們的努力一樣不得善終。而且我還多了喜悅這道阻力，因為我好不容易看見了達成心願的希望，所以開心得沒辦法冷靜思考。

我一直在同樣的地方繞圈，當離心力增加到最大時，我的思路有一瞬間幾乎突破，結果又回復到最單純的想法，像是「有辦法從摩艾的成員手中拿到名冊嗎？」、「有辦法從企業的手中拿到名冊嗎？」，然後我吐槽自己「怎麼可能嘛」。

『所有人都能得到幸福是最好的。簡單的事才是最重要的，也是最有威力的。』

我又回到了原點，正準備重新開始思考，心中突然浮現那傢伙的聲音。明明已經好幾年沒聽到了，此時卻又清晰地聽見。那是現在這個無法讓所有人都得到幸福的摩艾所沒有的聲音。

我停了下來。簡單的事，簡單的方法。我想起了交流會那天在室外偵查的事，以及更早之前，最後一次面試那天在電梯前看到的事。

我突然想到。

社會人士有那麼精明嗎？

我的年齡和剛入社幾年的社員相差不大。正如我比剛才那些為了考大學而進行模擬測驗的學生好不了多少，社會人士再怎麼經驗豐富、再怎麼優秀，也不至於讓我望塵莫及。當然也有一些很優秀的社會人士，但大部分的人應該都像我一樣，只不過是裝出另一副面孔以獲得工作。

既然如此，他們一定也會犯錯，就像被我們發現了這件重大事實的阿天一樣。

此外，如同我現在看不起社會人士，他們很可能也看不起還在走他們從前走過的道路的學生。

我想到一個主意了。這個方法簡單到讓我不好意思稱之為「主意」，但我除此之外也想不出其他方法了。如果我和董介都想不出更好的方法，那就只能用這招了。

時間又悄悄地溜走，第五堂考試比之前更快結束。我向考生宣布明天要考的科目之後就走出教室。接著我俐落地做完工作，再次回到早上那個房間，確認過明天的時間表，然後就可以離開了。

我立刻拉董介去附近的咖啡廳，盡可能地選比較裡面的座位，點了冰咖啡後立刻開始討論。

「董介，你有想到什麼方法嗎？」

董介苦笑著說「你還真有幹勁」，然後搖搖頭。

「這事太難了。那你有想到嗎？」

「嗯，只想到一個。」

我正想說明，飲料正好送上來，所以我姑且打住。店員將冰咖啡放到我面前，我連吸管都沒用，直接拿起來喝。

「有點蠢就是了。」

「喔？說說看。」

「去問寄垃圾信的那些人。」

我一直很欣賞董介把心情都表現在臉上的作風，如今他也露出了明顯的批判表情，還加上「嗄？」的疑問句。

「不好意思，我聽不懂你在說什麼。」

「這的確是一個愚蠢的主意，但我有我的理由。」

為了強調接下來要講的話，我還先停頓一下。

「社會人士之中也有比較笨的。我們可以報上阿廣和阿天的名字，附上聯絡方式，說現在由我們負責管理名冊，笨一點的人說不定就把名冊給我們了。」

「真的有這麼笨的人嗎？」

「我不知道，可是……」

我拿出手機，打開我的免洗信箱的收件匣，拿給董介看。

「唯一可行的方法只有這個。」

裡面那些郵件都詳細地附上公司名稱、人資負責人的名字以及聯絡方式。

「說不定那些人比你想像得更精明，更有危機意識，沒有一個肯交出名冊。」

「很有可能。」

我也覺得結果應該是這樣。

「不過這個方法還是有一試的價值。我們可以再申請幾個免洗信箱試試看啊，我會負責編造說詞，你能不能幫忙呢？就算只去網咖幫忙寄信也好。」

我直視著董介的眼睛懇求，他轉開目光，然後又轉回來看著我。

「……好吧，畢竟你才是指揮官。」

得到好友的首肯，也確定了大致的戰略，讓我稍微安心了一點。就算沒有途徑也無所謂，只要知道目的地在哪裡就好了。

「不好意思，為了回報你的恩情，我不會告訴阿碰你想追她。」

「啊，嗯，那就拜託你了。」

董介回答時彷彿被什麼東西哽住喉嚨，讓我有些在意。

先說結論比較快。

就是有那麼笨的人。

我寄信給一些人資負責人，隔天真的有一個人回信。連我自己都很驚訝。

我在信中說我是新的名冊管理者，想要確認最新資料，請他們提供手上的名冊。

對方回信說，他們是在共用的雲端硬碟裡拿最新的來使用，還體貼地附上了網址。

我一收到信就立刻打電話給董介，約好明天在他家開會討論下一步計畫。

「喔，明天幾點都可以，我明天要倒垃圾，一大早就會起床。」

「那我看看幾點有空就幾點過去。」

「喔。」

我和情緒似乎有些低落的董介講電話時是中午，我一邊講一邊吃著從便利商店買來的魩仔魚義大利麵。我的心中燃燒著熊熊的鬥志。因為擔心打草驚蛇，我還沒點開那個網址來看。

下午去打工時，我和川原小姐又是同時值班。她在那天之後還是頻繁地去參加摩艾的活動，看到她的嘴角比從前更上揚，我也愉快地向她打招呼。

「有什麼好事嗎？」

「呃，嗯，我拿到銀天使了。」（註1）

1　指印在森永巧克力包裝截角的天使圖案，若是拿到金天使，或是收集到五張銀天使，就能兌換獎品。

「真的假的！好厲害！」

這天我們只聊了這些言不及義的話，平凡無奇地結束了工作，我和照例等在停車場的川原小姐道別之後就回家了。我一邊吃著從便利商店買的便當，一邊打開電腦，檢查幾個免洗信箱，發現又有一個人資負責人寄信過來。我對著螢幕說「真是笨蛋」，當然沒有人會回應。

那天晚上我不知怎地又夢見了阿碰和川原小姐。

作夢就表示睡得不熟，所以早上醒來時我都會覺得很吃虧。但作夢就是作夢了，我也無可奈何，只能懷著鬱悶的心情換好衣服，吃了水果餡的麵包，慢吞吞地看了一些社群網站，在十點左右走出家門。

陽光比我想像得更強，所以我放棄騎腳踏車，選擇繞遠路去搭地下鐵，只要待在冷氣開放的車廂裡幾分鐘就能少走幾公里，用不著搞到一身汗。

爬樓梯到地面上，陽光和我在前幾站感受到的一樣強烈，我不禁埋怨董介為什麼不住得離車站近一點，但我又不能自己花錢把這一帶的人行道加上屋頂，只好認命地走在陽光下。

我上次走這條路是送川原小姐回家的時候。

那天晚上，我回到董介家拿東西，發現阿碰還沒走。我不在的時候，他們兩人聊了什麼呢？我在的時候他們都是在說川原小姐的事。

走了一小段路，我看見了上次當成存檔點使用的全家便利商店。我這次又進去買了茶來對抗暑氣，還拿了兩罐咖啡和兩包零食。用IC卡結帳後，我拿著商品走出店外，正要躲著陽光走向董介家，卻突然停下腳步。

我看見阿碰在對面的人行道上從車站的反方向走過來，她正在看手機，所以沒有發現我。

她跑來這裡做什麼？她家應該比較靠近另一個車站，從這裡過去還得換車才到得了。

我還在考慮要不要叫住她，她已經朝著車站走去。

她的妝不像平時畫得那麼精緻，或許是因為流汗吧。我沒必要把這個感想告訴阿碰，所以我不理會她，繼續走向董介家。

背上開始冒汗時，我到達了董介那間對學生來說稍嫌奢侈的公寓。進入太陽晒不到的室內，頓時覺得涼爽很多。

我爬上樓梯，走到章魚燒宴會之後都沒來過的董介家的門口。

一按門鈴，屋內就傳出聲響，過了幾秒鐘便聽見匆匆的腳步聲。

門鎖喀噠喀噠地開了，董介穿著一條內褲、脖子上披著浴巾前來應門。

「你這麼早就來啦！」

「你在忙嗎？」

「沒有沒有，沒關係。」

我隨董介進屋，脫了鞋子，跟在他赤裸的背後走進客廳。我來過董介家好幾次，今天的感覺似乎和平時不太一樣。

屋內有一股淡淡的香味，既不是食物也不是肥皂。

「喔喔。」

今天看到的幾條線索都搭在一起了，令我忍不住喊出聲。董介轉過來看我，不知道我這聲「喔喔」聽在他的耳中是什麼感覺。

「楓，那個……」

「無所謂啦，這種事很正常。」

我打斷了董介，他苦笑地回答「是啊，的確如此」。我去洗臉臺洗手時，還看到旁邊有一個視力標準的董介不可能用到的隱形眼鏡空盒。

我大可出言調侃他，但我現在沒心情做這種無聊事。

回到客廳之後，我說我帶了咖啡和零食，已經穿上T恤短褲的董介也拿出冰涼的果汁。在暑假裡到朋友家，感覺好像是來玩的，但我們現在正要開始作戰。

「可以借用你的電腦嗎？我想看看那個網址。」

「你還沒看嗎？」

「我想跟你一起看。」

董介打開桌上的電腦，而我打開剛才買來的罐裝咖啡。沉默地等待片刻，Windows 特有的開機音效響起。

「交給你了。」

我依言坐在從宜得利家具買來的椅子上，登入了剛申請的免洗信箱。順帶一提，這個信箱地址是一位聰明的大三女生設定的。

「沒想到真的有人回信。」

董介在後面看著。

「就是說啊。我真同情進了那間公司的人。」

我將游標移到那個蠢貨在信中附上的網址上，一邊還很擔憂這會不會是陷阱，心驚膽戰地按了下去。

這當然不是陷阱，但結果卻不如我所想。

「啊，不會吧……」

我脫口說道。

「怎麼了？」

「需要密碼，沒有就看不到名冊了。」

原來如此，那人竟然笨到連鑰匙都忘了給。

雖然我還能這麼冷靜地吐槽，但是面對這意外事態還是令我有些心慌。

我本來打算點開網址拿到名冊之後就要和董介討論該怎麼運用。

我們當然不知道密碼，再寫信問對方又怕惹人懷疑，我們也不可能去問阿天，而川原小姐和阿碰這麼邊緣的成員想必也不知道。

「非得找出密碼不可。」

「要破解暗號嗎？好像間諜呢。」

董介笑著說道，但現在可不是開玩笑的時候。如果拖得太久，等到對方和摩艾的成員確認了此事，說不定會把檔案搬到另一個地方。在那之前一定要解開密碼。

密碼。密碼。

「一般人會怎麼設定密碼呢？」

「唔……我們專題小組都是用當下的流行語。」

「如果是這樣，那我們鐵定猜不到。」

我試著輸入領導者的暱稱 hero，但我不知道輸入密碼有沒有限制次數，所以不敢按下去。

「你們的專題小組也是用這個網站嗎？」

「嗯，但我沒有很熟。」
「輸入密碼會限制次數嗎？」
「沒有吧。我有一次忘記密碼，輸入錯誤好幾次，也沒有怎樣。」
這真是個好消息，還好董介的資訊管理能力很差。我放心地按下確定，結果猜錯了。
接著我又輸入我們學校的名字，發現最多只能輸入八個字元。我再試試看moai（摩艾），這次又錯了。
「看來要陷入苦戰了。」
「……耐心一點，名冊又不會跑掉。」
就是有可能跑掉我才這樣說嘛，但我沒必要特地向董介解釋，所以還是保持沉默。我問了另一件更重要的事。
「如果不用流行語，會用什麼東西當作密碼呢？」
「唔……說不定是跟摩艾無關的東西。」
「那範圍也太廣了。」

「會不會是什麼口號之類的？」

我覺得不太可能，但還是試著輸入 risou（理想），結果當然不是。

後來我又輸入了幾個我所知道和摩艾有關的詞彙，但沒有一個能夠攻破防守著名冊的障壁。

靠我們自己真的沒辦法嗎？現在只能等著哪個笨蛋來告訴我們密碼嗎？我們有那麼多時間嗎？

「怎麼辦？」

繼續僵持下去也沒用，所以我起身去拿我買來的咖啡，打開來喝。咖啡已經不冰了，但糖分還是稍微滋潤了我的腦袋。

我在休息的時候，董介仍繼續試密碼，但是那道障壁依舊文風不動。我席地而坐，思考著摩艾會用的密碼。我覺得設定密碼的人也是重點，如果密碼是阿天設定的，我就只能舉手投降，因為我完全不理解那個人的價值觀。如果是其他人設定的，譬如更上面的人……

董介在椅子上伸了一個大大的懶腰。

「唔，我想密碼應該還是和摩艾有關，如果是這樣，那就只有你解得開了。」

「……密碼會不會是日期啊？」

「喔喔，有可能。」

「06・21。」

我不知道自己的語氣聽起來會不會像是祈求。

董介沒有問這是什麼日期，就迅速地輸入。

我盯著董介的手指按下確認鍵。密碼錯誤的音效聲聽起來格外刺耳。

「啊，也不是這個。」

螢幕上不知道已經出現多少次密碼錯誤的訊息，但我這一次的失望更甚於猜錯密碼。

「喂，這是什麼的日期？」

「摩艾創立的日子。」

「真厲害，虧你記得這麼清楚。啊，既然是這樣的話……」

董介又在欄位裡輸入文字。

Moai0621。

再次按下確認鍵。

「喔喔！」

董介發出驚呼，坐在他背後的我也渾身一顫。

我在吞口水的同時還倒吸了一口氣。

螢幕上出現了新的畫面，不是剛才看過很多次的密碼錯誤訊息。

裡面有幾個檔案，其中一個寫著「企業共有名冊」。董介沒吭聲，直接把游標移過去，點擊開啟。

出現的是用 Excel 製作的學生資料通訊錄。

「好厲害，你太厲害了，楓！」

董介回過頭來連聲稱讚，但我什麼都沒回答。一方面是我不習慣被人稱讚，另一方面是我覺得記得這日期沒什麼了不起的。

但我並不是完全無動於衷。

有一股強烈的情緒淹沒了我整個人。

「連我都沒想到會猜中。」

類似喜悅的情緒。

說「類似」是因為我知道那不是喜悅。我不知道要怎麼形容這種情緒，但我似乎曾經感受過同樣的情緒，雖然不像這次如此強烈。發現我們的軌跡依然存在的喜悅，以及確定摩艾真的為企業提供非法協助的困惑。我是在什麼時候感受過這麼複雜的情緒呢？

是我逃跑之後，秋好在下課時追來的那次嗎？不，應該不是那次，當時我感受到的只有驚訝和困惑。那麼會是什麼時候呢？

「喂，也有你的資料。」

現在不是分析自己情緒的時候。我望向螢幕，Excel檔案裡確實輸入了我的名字、科系和聯絡方式。我向董介說「快存下來」，電腦桌面隨即出現了一個「企業共用名冊（戰略武器）」的檔案。這麼一來我們就握有證據了。

「然後呢，你打算要怎麼用？」

董介像是急著展開下一步行動，於是我說出了想好的計畫：

「把這份名冊和對方寄來的信件一起放到網路上，像是留言板或推特之類的，一定會有人打電話來學校抗議，那摩艾的麻煩就大了。」

「喔喔……這樣啊……」

明明是他自己問的，他的語調聽起來卻有些意興闌珊。董介是怎麼回事？難道是終於要進入最後戰場所以有些感慨嗎？我只是隨便猜猜，不想追根究柢。

但董介深深吸了一口氣，然後吐出來。

他顯然有話想說。

「楓，那個……」

「怎樣？」

「呃，都到了這種時候，或許我不該說這種話……但我心中有一件事，可以說出來嗎？」

他說話的時候沒有回頭看我。我猜不出他有什麼話一定要現在說。

「嗯。什麼事？」

董介轉過頭來，他的笑容裡隱含著複雜的情緒。

「那個……」

這短暫的沉默彷彿令時間靜止了。

「你能不能……就此收手呢？」

「……啊？」

瀰漫在室內的香味不知何時早已消散。

※

在我們快要升大二的時候，我經常在餐廳看到秋好和脇坂一起吃飯。

我總是盡量不讓他們發現，但是如果被秋好看到我會舉起手，如果被脇坂看到我會點個頭，然後坐在別桌獨自用餐。

要說起來，我剛入學時的目標已經達成了，我現在的確過著平靜的大學生活。

摩艾的規模越來越大，也逐漸形成了正式的社團活動。雖然沒有像現在這種交流會，但已經開始借用大教室來舉辦聚會，或是借用畢業校友的人脈邀請社會人士來講授對學生有益的知識。我會參加的只有一週一次的聚會，因為秋好說希望我來參加。

秋好必須兼顧摩艾、戀愛和課業，忙得不可開交。

相較之下，我只是平凡地上課、平凡地打工、平凡地認識了不知道後來會變成好朋友的董介。

我和秋好的行程表沒有什麼共通點，我們已經好幾週沒有單獨見面了。在我和秋好認識的那堂課也一樣，到了下學期，我們都各自認識了一些人，所以不再和對方坐在一起。

從朋友的立場來看確實有些寂寞，但我也是過著自己想要的大學生活，當然沒有立場去對秋好選擇的大學生活指手畫腳。

「你可以多發表一些意見啊。」

秋好以外的人經常對我這樣說，像是協助摩艾活動的老師，或是不認識的畢業校友。

他們都不知道我的人生信念。如果反駁「你們又不瞭解我，幹麼要求我這麼多」，就違反了我「不否定別人意見」的信念，所以我聽到這種話都只是笑笑而已。

脇坂倒是沒對我說過什麼，他只是用一副無所謂的表情悠然地觀望著逐漸成長的摩艾。我跟他偶爾會閒聊，但我不像秋好那麼有意思，所以脇坂和我並沒有培養出多深厚的交情。

日子在沒有特別重要改變的狀態下一天天地過去了。當時的秋好一定想像不出毫無變化的平凡大學生活吧，連旁人也看得出來她的大學生活有多麼燦爛、多麼豐富多變，我也不曾想過這樣算是好事還是壞事。

可是，她生活上的變化也漸漸影響到她。

有一天我又去參加每週一次的聚會。我不打算發表意見，只想靜靜聽大家熱烈討論今後的活動，所以坐在平時常坐的後方位置。那天我坐的是倒數第二排的靠窗座位，剛好和我認識秋好的那一天的座位一樣。

我不知道秋好為什麼希望我來參加聚會，因為我從來沒有問過她。
我也沒有仔細聽大家在會中討論的事。
但是當時我清楚地聽到了一句話，直到現在都還沒忘掉。
在聚會中，有人對秋好提了一個意見，內容大概是對某件事的看法，還有建議的實行方針。
秋好「唔……」地沉吟片刻，看看發言者發下的摘要，然後用教導的口吻說：
「我明白你的意思，但是以現實角度來看不太可行。」
我還以為自己聽錯了。
不論他們正在討論的是什麼事，我都不敢相信秋好的口中會說出這種話。
現實角度。現實角度。現實角度。
我反覆思索著這個詞彙，怎麼想都無法找出其他涵義。
秋好為了理想而創立摩艾，卻在別人秉持著理想而提出意見時拿現實來反駁對方。

我不敢相信，也不想要相信。
我們不是說好要一起追求理想嗎？
後來我一直盯著秋好，想看看她會不會訂正先前的發言。
直到聚會結束，秋好都沒有看過我一眼。
從那天之後，我再也沒有參加過每週一次的聚會。

※

董介的提議讓我以為自己的聽力出了問題。
「就此收手？」
「嗯。那個，我希望你可以放棄這個計畫。」
「為什麼？」
董介沉吟片刻，然後把椅子轉過來，面對著我。
「我最近一直在想，你真的想搞垮摩艾嗎？」
「當然想，我都已經策劃幾個月了。」

我毫不猶豫地回答，董介一聽就露出為難的表情。像是假裝接受對方意見的表情。

「是這樣說沒錯，我自己也幫了不少忙，可是，那個……」

「你就直說吧。」

「唔，我很瞭解你的心情……」

董介這句話像是在強調他的客觀立場。

「你看到自己創立的組織變質當然會生氣，但是啊，站在現在成員的角度來想，我不確定是不是真的該這樣做。我也擔心你做了之後會後悔。」

「才不會……」

我的第一個感想是「你懂什麼」。你又知道我的心情了？如果會後悔我早就放棄了。我不認為董介要說的話是這個意思，我更不認為董介是要幫扭曲摩艾的那些人說話。

「難道你已經被阿天籠絡了？」

「不是啦……啊，要這樣說也不是不行啦，畢竟我現在還是會和他出去，我也真的覺得他是個好傢伙。喔，不過關於名冊這件事他確實做得不對。」
「就是說啊，所以他們被攻擊也是應該的。我們才不會做這種事。」
當年充滿理想、只有兩個成員的摩艾絕對不會做壞事。
就算我是站在阿天現在的立場，我也不能原諒這種行為。
「你為什麼站在他們那邊？」
「不是這樣啦，我看到那個公司職員真的傻傻地回信，就突然想到。」
「想到什麼？」
「想到我們或許也會做出類似阿天和那個職員的行為。或許只是一時的鬼迷心竅，或許只是沒有意識到這樣不對，這種情況不是挺常見的嗎？真的要懲罰他們也可以換成其他方法吧。一定有人像以前的你一樣把摩艾當成了心靈依靠，所以不見得非得消滅摩艾不可。這是我去參加交流會，以及後來在章魚燒宴會上聽到川原小姐分享的感想。」
我十分不以為然。
「他們怎麼可能不知道這樣不對？你自己看看，他們辛苦收集學生資料交給那些公司，一定是為了某種目的，或許是為了錢，或許是為了討好那些公司。也就是說，他們只是為了達到自己的目的而利用我們罷了。」

沒錯，像阿天那種人怎麼可能不知道自己做了壞事？那些不懂得人我分際、不懂得尊重的傢伙把我們當成什麼了？

「我在烤肉會的時候就感覺得出來。」

我想起了那些人輕易批評別人的態度。

「那些人根本看不起我們。」

「不是這樣的。」

董介斷然否定，讓我有些愕然。他直視著我的眼睛說：

「我們也一樣看不起那些人。」

「……」

「我最近才發現，我們也一樣看不起他們，給他們貼上輕浮或白目的標籤。他們的確有些行為讓我看不順眼，但我們也有不輸給他們的惡劣行徑。」

董介開始對我說教。或許是因為我一直沉默不語，他才突然發現，轉開目光。

「抱歉，我不是在教訓你啦。」

「你是因為感染了那些人的輕浮才吃了自己的學妹嗎？」

董介一時之間聽不懂我說的話，過了一陣子，他才皺起眉頭，靜靜地吸氣、吐氣。

「不是的。」

「你不是說你沒有要追她嗎？」

「那個……嗯，那並不是在說謊。」

「但你確實趁著阿碰和遠距離戀愛的男友出問題的時候睡了她吧？」

董介按著臉頰低頭不語。他一定是無話可說。雖然董介和我是朋友，但做錯事就是做錯事。

我靜待著董介回答，他低著頭笑了，不知道是認罪的意思，或者只是受不了這種氣氛。

「是啦，的確是這樣沒錯。」

董介用雙手遮著臉，像是在掩飾自己的羞恥。

「你剛才還說這種事很正常。」

他說笑的態度讓我比較放心了。

「我是隨口說說的，這樣一點都不正常。」

董介又笑了，我也跟著笑了。我們是在搞什麼啊。

我們從認識以來小吵過幾次，每次吵到最後一定會有一個人笑出來，吐槽說「我們是在認真什麼啦」，藉著說笑來維持關係。這次看來也是一樣，真是太好了。

但摩艾的事可不能讓他隨便糊弄過去，一定要說個明白，不過我想董介一定很快就會想清楚吧。

我正在思考時，董介轉向電腦，把擺在桌上的隨身碟插進主機。我還在想他打算做什麼，他就把隨身碟抽出來交給我說：

「楓，不好意思。」

「啊？」

「我不幹了。」

他的臉上帶著微笑。

「雖然我答應過要幫忙，但是這幾個月觀察下來，我不覺得摩艾有那麼壞，所以我決定退出。」

董介坐在椅子上朝我鞠躬。

「我先前還鼓勵你去做，真的很抱歉。」

出現在我眼前的是隨身碟，以及董介的頭頂。這兩樣東西想必是一組的，如果我不接下，他一定會永遠停在那裡不動。我戰戰兢兢地接過隨身碟。

「我覺得你生氣也是應該的。」

「既然如此……」

「但我不同意這種做法。抱歉。」

董介的笑容透露出一股堅持。我將隨身碟收進口袋，後退了一步。我的信念就是不和別人太過接近，還有不否定別人的意見。

「喔，對了，你要和阿碰好好相處。她和你雖不是同一種人，但她真的是個好女孩。她也有些狡猾就是了，而且很會裝睡。」

董介笑著說她好像偷聽到了不少事情。我又後退了一步。

「你要不要再跟阿天談談呢？講到摩艾的阿天，你或許只會覺得那是敵人，但是把他想成同年級的天野，或許就不同了。」

我又和董介拉遠一步。

「摩艾的領導者阿廣也一樣……她的本名叫什麼？我記得在交流會聽過……」

決定和我分道揚鑣的董介和平時一樣愉快，但又像是帶著一些苦澀，仰望著天花板。

「啊，對了，是秋好。」

董介看著我的眼睛。

我已經很久沒聽過別人說出這個名字了。

「如果你去找秋好談一談，或許也會對她改觀吧。」

我轉身背對董介，用軟綿綿的步伐走到門口，穿上鞋子。

正要開門走出去時，董介對我說了一句話，但我沒有回答，而是默默地關上門。

「有空再來玩。」

我想這句話一定和阿碰留下的香味一樣，遲早會消散的。

※

摩艾的唯一領導者秋好會有「阿廣」這個綽號是因為第三位成員——尋木。

當時我們三人聊著時下很流行的ＲＰＧ遊戲。

「秋好與其說是勇者，更像是英雄（hero）。」

一般人會把尋木這句話解釋成遊戲角色的意思，用靦腆或謙虛或笑容來回應，但秋好表現出來的並不是這種平凡的反應。

「我現在還不是啦。」

很喜歡「相信未來」、「相信希望」這些口號的尋木，以半開玩笑的態度開始稱呼秋好為英雄。

接下來的發展很可笑。後來摩艾又加入不少新成員，其中有一個人聽到尋木的玩笑話，就誤以為秋好的名字是阿廣（hi-ro）。

大家都覺得這件事很有趣，秋好也漸漸接受了阿廣這個名字。或許是因為取名的由來，秋好並不排斥這個稱呼，但我絕對不會用這個名字來叫她。

幫秋好取了這個奇怪綽號的尋木如今已經離開摩艾，盡情地享受自己的大學生活，她現在應該是在美國當交換學生吧。在三年級過了一半的時候，我有一次偶然遇見她，從她口中聽到了這個計畫。對了，她當時還拜託我傳話給秋好，但我並沒有照做。內容大概是「保重」吧。

或許尋木會從別處得知我並沒有幫她傳話，她看起來就像是會打聽這種事的人。

我不可能幫她傳話的，因為我升上大二之後就不再跟秋好往來了。

有一天，我告知了變質的摩艾、變質的秋好，說我要離開。

那不是預謀的行動，也沒有先想好該怎麼說。

只是一個巧合。那天我們難得在校內碰巧遇上。

秋好發出一聲疑惑的「啊」，然後極力裝出自然到很不自然的笑容，說著「辛苦了」，朝我走來。

「……辛苦了。」

「好久不見，你都在忙什麼啊？」

「我都有來上課喔。」

我不知道自己的語氣聽在秋好的耳中是什麼感覺，只見她移開了半步的距離，但她似乎不打算拿掉她的假笑。

「你等一下還要上課嗎？」

「嗯？」

「在哪裡？」

「B棟。」

「喔，跟我一樣。」

秋好率先邁出步伐，我維持著固定的距離走在她旁邊。別人看到我們會怎麼想呢？應該不會以為我們是好朋友、甚至是情侶吧。我們之間隔著一道感情。

先提起那個話題的是秋好。

「楓。」

「嗯。」

「你最近都沒出席摩艾的活動耶。」

她說的是事實，所以我只簡單地回答「嗯」。

「你是不是不喜歡現在的情形，想要做些改變？」

跟秋好說了也沒用，所以我只回答「沒什麼」。

「是嗎……」

沉默籠罩著我們兩人。

秋好和我不一樣，她不喜歡沉默，所以她接下來要說的一定只是用來緩和氣氛、沒有任何意義的話。

「大家一起來比較愉快嘛。」

對我來說，這句話等於是後面所有事情的推手。

「……我說啊。」

我望著秋好低垂的臉，清楚地說出了我的決定。

「我要退出摩艾。」

秋好終於抬頭看著我。

我還記得她當時的表情，好像很驚訝，也很悲傷，還帶著一絲類似憤怒的情緒。

「為什麼……」

那張臉和聲音都是秋好的，但我知道我以前認識的秋好已經不在這裡了，站在我眼前的人只是一個捨棄了理想、索然無味的平凡大學生。

或許會有人覺得我這話太刻薄，但是看看摩艾後來的情況就能證明我的想法一點都沒錯。那個組織變得越來越壯大，越來越不可一世。以前秋好追求的東西已經不復見了，祕密組織摩艾也不復見了。

那小小的理想「啪」地一聲輕易地碎裂了。

我對摩艾已經失望到不想再看下去。

即使如此，我的心底還是懷著一絲希望。我希望秋好能再重拾理想，希望她能回到不在乎評價和責任的那個時候，讓摩艾恢復到往日的樣子。

但是，直到我升上大四，這個心願還是沒有成真。

我必須承擔起責任。

我必須守住理想、繼承真正的摩艾精神。

為了被變質的摩艾傷害的一切人事物，為了從前的我和秋好，我絕對不能放過現在的摩艾，絕對不能對變質的秋好袖手旁觀。

我下定決心，絕對不能這樣。

※

我一直相信董介是我的忠實戰友，可是他卻突然反悔，從我走出他家之後，這份失望一直重重地壓在我的頭上。

他明明說過要對付摩艾的。他明明說過討厭摩艾的。

回到家以後，我連手也不洗就立刻坐上電腦椅，開啟電腦，把董介的隨身碟插進去。

隨身碟裡面除了「企業共用名冊（戰略武器）」之外還有幾個董介忘記刪除的檔案，我打開一看，似乎是他為了專題報告而準備的摘要，缺乏專業知識的我大部分都看不懂。我覺得那些檔案很礙事，就把名冊以外的東西全刪光了。既然董介都丟著不管了，想必是不重要的東西。

我再次點開名冊，裡面登記的人數多到讓我很驚訝。這些都是從烤肉會之類的活動蒐集來的嗎？還不如把參加交流會的人全都登記下來更有效率。

雲端硬碟設定的密碼是摩艾創立的日期，也就是說，那是秋好設定的。那並不是摩艾被校方批准成立社團的日期，而是我和秋好想出摩艾這個名字的日期。如此說來，秋好鐵定知道有這份名冊，問題是有多少事情是她指示的。等到事情爆發之後，如果大家都說是領導者主使的，摩艾的立場一定會變得更艱難。

知名大學就職輔助團體的領導者擅自把學生個資交給企業，討厭年輕人和知識分子的人知道了這件事一定會砲火全開。

對了，先不管這件事是誰主使的，摩艾把名冊交給企業是為了換取什麼利益呢？活動資金嗎？可是我記得聽說過他們有正式的贊助商啊。還是為了和企業打好關係？譬如摩艾成員在面試時會有特別優待？

算了，找不出答案也無所謂，反正人們自會基於惡意自行猜測答案。網路上的謠言和批評聲浪都是這樣來的。

我現在是孤軍奮戰，一直坐著思考也無濟於事。我立刻著手將名冊和公司職員寄來的信件製成一張圖檔，這樣比較方便散播。這個工作並不難，靠著在大學課堂學到的文件處理技術，一下子就能做出來了。

炸彈已經製作完畢，希望這東西能在網路上順利引爆。

稍作休息時，我想起了董介說過的話。

坦白說，我並非一點罪惡感都沒有，但不是為了秋好和阿天那些營運摩艾的人，而是對那些被摩艾拖下水的人感到愧疚。摩艾如今的所作所為是錯的，但是如同董介所說，還是有人把摩艾當成心靈依靠、棲身之所，譬如川原小姐。

考慮到那些像她一樣的人，我覺得不能只是破壞或削弱摩艾，還得想想之後的事。消滅了現在的摩艾之後，還需要建立一個像過去一樣、純粹追求理想的組織。

如果有了這樣的組織，一定能成為川原小姐他們的棲身之所。

此外，說不定也能成為我的棲身之所。

那裡不需要如今的摩艾。

我把剛做好的圖檔存進董介的隨身碟，然後拔下隨身碟放進口袋。為了小心起見，我要用其他地方的電腦投出這個炸彈。

我要把秋好的謊言轉變為真實。

只剩我一人之後，我體內的鬥志沒有燒盡，反而燃燒得更熾烈。

我開門走出去，為了將這排歪曲的骨牌從頭推倒。

我打開藥妝店的後門，一邊打招呼說「辛苦了」一邊走進去，立刻看見川原小姐坐在圓椅上，撐著臉頰注視著手機，她的眉頭皺得不能再緊，眼睛瞪得老大。我從來沒看過她這種表情，不過一看就知道她很生氣。

我小心避開可能會被她的怒火波及的範圍，盡量貼著櫃子走過去，卻聽到她說了句「你好」，我只好認命地回答「早」。她轉過頭來看著我，眼中還是燃燒著熊熊怒火。

這種時候我也不好直接問她「發生什麼事了？」，校內目前還不知道讓川原小姐生氣的那件事的人大概只有極端的邊緣人，或是品德極端正直的人吧，而我兩者都不是，所以只好說出普通人會說的臺詞。

「情況似乎不太妙呢。」

「就是、啊、哼、真是……啊、哎呀！」

川原小姐似乎不知道該怎麼表達自己的感情，最後忿忿地嘖了一聲。我心想「好久沒看到她流氓女大學生的這一面了」，她把手機收進口袋，朝我行了個禮。

「對不起。」

「沒關係啦。我不知道詳細情況，不過看起來……好像很嚴重呢。」

「與其說嚴重，還不如說讓人火大。」

如果現在我有時間聽，川原小姐一定會盡情痛罵世上所有不合理的事，可惜的是我們的值班時間已經到了。

時間漸漸流逝。工作了一陣子之後，又到了客人稀少的空閒時段。今天我一邊顧櫃檯，一邊寫著無趣的廣告牌，川原小姐拿著拖把走過來。

「讓我抱怨一下吧。」

真是開門見山。

「怎、怎麼了呢？」

川原小姐用鼻子呼著氣，彷彿要藉此把滿腦子的怒氣宣洩出來。

「為什麼這世上有那麼多幸災樂禍的人渣啊！」

「呃，那個，我不太理解……」

「我也是。」

我們的對話到此結束。雖然對話很簡短，但我已經聽懂川原小姐想說的是哪件事，也知道她為什麼對那些人如此生氣，但我還是努力裝出不知情的模樣。即使她現在沒有看著我，我也得習慣隨時裝出適當的表情，免得哪天不小心露出馬腳。

平時我和川原小姐不可缺少的對話只有回家時的打招呼，但是今天我有一件事必須問她。

值班時間結束，準備回家時，我照例比川原小姐稍晚走出休息室，追上了跨坐在電動機車上的她。

「那個，川原小姐……」

我搶在她打招呼之前先開口。或許是因為我從未做過這樣的事，她閉起了正要打開的嘴，露出驚訝的表情。

直接切入主題似乎不太好，所以我先跟她寒暄幾句。

「別太煩惱了，這樣對身體也不好。」

我挑最安全的關懷之語應該是選對了吧，川原小姐的嘴角稍微放鬆，點頭說「謝謝」。

「現在已經沒事了。」

「我這個局外人或許不該多管閒事……摩艾是不是怎麼了？」

「你也很在意嗎？我還以為你對摩艾沒興趣呢。」

「畢竟是我把摩艾介紹給妳的嘛。」

我的話中帶有些許的戲謔語氣，這是我早就想好的。川原小姐一聽就笑了。

「唔，該怎麼說呢，上面的人現在好像忙著四處去道歉。關於責任歸咎那些事現在還不確定，但學長姐說校方或許會做出處分。」

「所以現在大家還在等結果囉？」

「聽說幹部準備召開會議對內部成員報告情況，但是能容納這麼多人的場地不好找，所以還沒安排好。」

「如果要在校內辦，就只能借用大禮堂了吧。」

「是啊。」

再問下去的話可能會讓人起疑。我誠心誠意地對川原小姐說了一句「希望事情能朝著妳期待的方向發展」。

「謝謝。反正會怎樣就怎樣了。」

「叫住妳真是不好意思。」

「不會啦。能得到人渣以外的人的關心讓我很欣慰。那我先走了，晚安。」

川原小姐說完之後就面帶笑容地騎車離開。她今天說的不是「辛苦了」，而是「晚安」。先不管這個細微的變化，總之我很感謝川原小姐這位無自覺的善良間諜，多虧有她，我才能知道局外人無法得知的摩艾預定活動，以及現在組織內的氣氛。

關於今後的事情，摩艾似乎還沒歸納出能告知基層成員的結論，但是目前至少知道將會召開內部說明會。摩艾的幹部沒打算把這件事壓下去，而是準備負起責任，這是很好的發展。雖然川原小姐很生氣，但她或許也覺得這件事也是摩艾進步的轉機，從這個角度來看，確實是很好的發展。

摩艾擅自把學生個資交給外面的企業，這當然是一件大醜聞。

我感受到行動已經有了成效，同時也為這件事發展到超乎我想像的地步而感到有些憂心。

在那之後才過了短短三週。

我拋出的炸彈以驚人的效率吸引了大眾的注目，而且不挑對象地發出攻擊。

我把自己做的那張圖檔貼到幾個社群網站及網路留言板上。

一開始我還擔心它尚未引起任何人的注意就會沉沒於網路的汪洋，但是我的擔憂很快就消失了。

最早看出火勢開始蔓延的是社群網站。我貼出去的資訊一傳十，十傳百，沒多久就傳到了在網路上有大批關注者的激進人士耳中，這時發生了第一次大爆炸。在這件事之後，網路留言板也有了動靜，出現了好幾個針對這件事而發起的討論串。圖檔無邊無際地散布出去，社群網站和網路留言板都跳出了自稱因摩艾而受害的人，雖然不知道是真是假。輿論漸漸認為這次的事不是偶然的個案，而是摩艾本來就不是什麼正派組織。

想當然耳，開始有人要求摩艾、我們大學，甚至是寄信給我的那些企業對這件事發表意見。聽說還有人直接打電話或寄信去詢問，同樣不確定真假就是了。不過那陣子似乎沒有人得到正面回答，就連川原小姐知道的頂多也就是「似乎發生什麼事了」。

我還在擔心事情會就此落幕，結果又發生了第二次大爆炸。正在煩惱找不到新聞的週刊雜誌注意到網路上的騷動，就把摩艾的事情報出來了，雖然只是一小篇報導。從報導內容來看，週刊雜誌最在乎的好像不是摩艾做了這種事，而是企業竟然膽大包天地拿了學生的個資。記者還從某些管道獲得相關人士的證詞，說企業承諾在面試時會特別關照摩艾的成員，從那份週刊得知這件醜聞的人在網路上出言指責也都是針對企業，而不是針對摩艾。人類真是一種見不得別人好的生物，心胸狹隘到可笑的地步。如同川原小姐所說，摩艾就這麼被幸災樂禍的人渣當成了美食。

這件事的發展真是大大超出我的想像。

我完全沒想到竟然會有週刊來報導。原來大人們這麼容易跟風，看來年齡和我們差不多的這些人連興趣和行動也和我們差不多嘛。

川原小姐離去後，我從寂靜的停車場獨自騎著腳踏車回家。後來我和董介一直沒有碰面，和阿碰當然也沒有見面。雖然我有點想問他們對這件事有什麼看法，但是問了也沒有用。一點用都沒有。

我在超市買了半價的便當，一路平順地回到家，洗手漱口之後立刻打開電腦。便當加熱會變得糊糊的，所以我直接吃冷的。

我打開社群網站，用置身事外的本尊帳號搜尋摩艾的消息。批評摩艾的聲浪與日俱增，網路上盡是謾罵和嘲笑，光是看著這些東西，我就有一種陷入催眠狀態的感覺，腦袋昏沉、心跳加速，甚至有些反胃。

也有人在幫摩艾說話，他們說這年頭每所大學和每間公司都會做這種事，但這些看起來很公允的發言只過了一頁就被大眾的惡意淹沒了。

本來對摩艾這個團體一無所知的人，如今都把摩艾的事當成了一件娛樂。

我也以質問的語氣參與了這場盛會。今天早上我又在這片網海中拋出了一塊餌，現在已經出現了豐碩的成果。

火勢延燒到這種地步，我難免有些擔心事情已經超出掌控，但我還是想要繼續進行這個遊戲。

說是這樣說，其實我也玩不出新把戲，只是把上次做的圖檔再加上另一間公司的來信製成新的圖檔，去網咖散布到網路上罷了。

如果這次又是只有一張圖片就太無趣了，所以我還打了一些字，加到圖檔中。

『理想是什麼？我不禁質疑。』

本來只打算寫這些，但是我在情感的驅使之下又多打了幾個字。

『輕易接近別人、擅自肯定或否定別人的那些人的理想是什麼？』

我最後用的就是這幾句話，其中多少摻雜了對董介和阿碰的諷刺。這張新的圖檔再次被那些自詡為正義之士的人散播出去。

這張圖檔遲早也會傳到秋好的眼中吧。希望這能幫助她反省，成為她悔改的理由。

我很好奇秋好是不是已經表示了懺悔之意，去看她的社群網站，發現這幾天都沒有新文章，能看到的只有無趣的交流會描述和閒話家常。

或許還要過一段時間才會爆發吧。我一邊思索，一邊在社群網站搜尋「摩艾」，拉動捲軸一個個看下去。

這時我突然注意到一個地方。

本來還以為是拉得太快而看錯，但是把捲軸拉回去，我才發現自己的動態視力原來還挺厲害的。

我驚訝地盯著螢幕。

在我無法掌控的網海之中，貼著一張照片。

我沒有看錯。

那是秋好和阿天的合照。

照片中的他們似乎正在參加慶功宴，兩人笑容滿面地朝著鏡頭舉杯，看起來就像一對感情融洽的好朋友。

應該是最近拍的。這張照片裡的秋好比我手上那張照片裡的秋好頭髮更短，妝也畫得更用心，穿著打扮也比較成熟穩重，更像是我在交流會那天看到的她。

我以為這張照片是不知道目前事態的摩艾成員上傳的，事實卻不是如此。這個帳號一看就知道是免洗帳號，除了照片之外只有兩條訊息。

兩條都是電話號碼。其中一個號碼看起來很眼熟，我急忙拿出手機確認。果不其然，一個是我一直存在手機裡、卻沒再打過的秋好手機號碼，另一個則是阿天的手機號碼。

我還以為秋好一定早就換號碼了，不過現在只要我想，隨時可以和她通話。我有些困惑，同時也感覺到事情開始朝著我意想不到的方向發展。

沒想到會有人做出這麼激進的行為。

我突然懷疑，自己是否不該繼續做那些推波助瀾的舉動，但是我查了一下，發現照片已經散播出去，我明白這已經不是靠我一人之力所能阻止的。

我又看看他們兩人的照片。

他們的笑臉是建立在非法行為、傷害別人、捨棄理想的基礎上。

不知是因自己真的想這麼做，還是因為受了大眾的影響，總之我又幫忙散播了這張照片和他們兩人的手機號碼。

事情演變到這個地步並不是我的錯。

自作孽不可活。

做出這個結論以後，我輕快地點下滑鼠。

校方在隔週正式發表了對摩艾的處分。暑假不知不覺到來了，對於極力制止亂象的校方而言，這或許是唯一的慰藉吧。

我已經不用上課了，所以每天的生活不是打工就是在家。

今天也要值晚班，我到達藥妝店後面的停車場時，川原小姐也同時抵達。她對我微微一笑，說道：

「早。那個……我沒事了。」
「啊？什麼意思？」
「我是說，我已經不生氣了。」
川原小姐大概發現她每次和我同時值班都在發脾氣、讓我很害怕吧。不過她幹麼笑得這麼愉快？
「那我就放心了。」
我一邊和川原小姐走進休息室一邊說道，她呼地吁了一口氣。
「可能是聽到處分已經下來了，我就接受了。」
「接受什麼？」
「我也是摩艾的一員，而且我們的人確實做了壞事，所以我也脫不了關係。」
「別人做的壞事跟妳無關吧？」
我是真心這麼認為的，但她搖搖頭說：
「當然有關。雖然沒有直接關聯，但我如果說跟我無關，只是在自欺欺人。」

「喔喔……」

我這句附和並不代表我同意川原小姐的想法。

啊啊，原來如此。

川原小姐一定也想成為自我陶醉的人吧。

我感到了莫名的寂寥，但還是笑著對她說「妳有這種想法真了不起」。

「沒這回事啦。唔……我也不知道。摩艾內部也有很多人在批評這次的事。這週六就要召開說明會了，到時說不定又會聽到一些讓我發火的話。」

「喔，要開會了啊。希望事情能就此平息。」

「是啊。對了，如果我又發火，就請你再陪我去喝酒吧。」

沒想到川原小姐會主動邀我，我還在思考該怎麼回答的時候，川原小姐不知道把我的沉默解讀成什麼意思，急忙說了一句不明所以的「如果你不嫌棄的話」，就匆匆走向店面。

川原小姐也過得很辛苦啊。我只為這位學妹稍微擔憂了一下，就把心思轉移到得知摩艾開會日期的事了。

有沒有辦法聽到會議內容呢？這場會議之中一定會有秋好對這次事情的想法，以及整件事的前因後果。我也可以事後再去問人，但我已經奮戰了幾個月，可以的話我還是希望能親自確認結果。

除此之外，我的心中也悄悄地萌生出反派會有的念頭。

真想看看秋好輸得一敗塗地的表情。

這句話有一半是開玩笑的，其實我真正期待的是秋好可以藉這契機回到原點。

看到雲端硬碟的密碼設定為摩艾誕生的日期，我真期待秋好很快就會回想起當年的理想。

所以我一定要想辦法混進這場內部會議。

有沒有什麼好辦法呢？我還在思考，川原小姐就走了回來，值班的時間到了。

這幾天無論是打工、吃飯、說話，或是做任何事，我都心不在焉，腦袋裡惦記著的唯有摩艾。

※

「楓，下週日你有空嗎？」
在摩艾還只有兩個人的時候。
「目前還沒有預定計畫。怎樣？」
無聊的課結束之後，我和秋好走在中庭裡，我說話時沒有看著她。
那時我們之間還沒有任何疙瘩，只是普通的朋友。
「有一位參加非營利組織的研究所學長要舉辦關於霸凌的研討會，如果你有空，要不要一起去？啊，你是不是開始打工了？週日不去沒關係嗎？」
我猶豫了一下，但我覺得沒必要說謊，所以老實地回答：
「我沒有排週日的班，因為我知道妳可能會找我出去。」
秋好愣了一下，然後眉開眼笑地說：
「沒想到你這麼在乎摩艾的事啊！」

其實我空出週日的理由不只是為了摩艾，不過看到朋友這麼開心，我也不想潑她冷水，所以就不解釋了。

「可是大好的週日幹麼要拿來討論罷凌啊？」

「那位學長已經在工作了，所以平日比較不方便，再說週日討論總比週一好吧？」

「說得也是。」

在討厭的日子還要思考討厭的事就更討厭了。

「內容主要是如何關懷遭到霸凌的人，所以應該會有教育系的人參加。」

「我們又不是教育系的。」

「如果我們去參加，以後看到霸凌事件就知道該怎麼處理了嘛。」

我還是抵抗不了她那清澈的眼神。

「有空的話我就去。這樣妳被霸凌的時候我就姑且幫忙吧。」

「什麼姑且幫忙？應該說一定幫忙才對吧？總之……」

我還記得秋好故意裝出冷笑，但是裝得很不像。

「我很期待。」

她真的很不會假裝。

※

我有時會想，大學四年到底有什麼意義？

沒有活著的實感，也無須背負責任，但又尚未捨棄少年時的衝勁和憤世嫉俗，自由得令人厭煩。

如果說活得我行我素、為所欲為是大學生的特權，那我或許不算大學生吧。

我沒有利用這份自由做過什麼事，也沒有因此得到任何東西，只是隨波逐流地混日子，連求職活動也是學著大家的樣子去做。

我這四年真的有什麼意義嗎？

如果有的話，應該只有那幾個月吧。

我在那幾個月活得非常積極，就算多少有些走偏，還是一直邁向前方。

所以我想確定我在那幾個月並不是過得毫無意義。

摩艾開內部會議的日子來臨了。結果我還是想不到有什麼方法可以避開秋好和阿天的耳目而潛入，所以我退而求其次，心想就算只能聽聲音也好，既然是這麼多人參加的會議，不可能不用麥克風，如果早點來說不定還能見到秋好他們一眼，所以我前一晚把鬧鐘設定在會議開始的四個小時前。

地點還是上次的大禮堂。自從上次去偵查之後我都沒有再去過那裡。

從一個令人懷念的夢境醒來之後，為了忘卻些微的噁心感、喚醒大腦和身體，我喝下味道很可怕的 Monster 提神飲料，囫圇吞下便利商店買來的御飯糰。

卡路里和咖啡因彷彿點燃了我全身上下的細胞，剛起床時的心悸也變得更強烈了。我還是有噁心想吐的感覺，但又無能為力。

今天我不打算喬裝，免得更引人注目。雖然在校內必須偷偷摸摸的，但我還是決定穿得像自己，這也是為了向變質的摩艾展現我的格調。

坐在家裡枯等總覺得靜不下心，所以我喝光了最後一口提神飲料就準備出門。
我穿上運動鞋走出門外，現在雖是早上，陽光卻已將柏油路晒得火燙。我鎖上門，斷了自己的退路。
這廣大的世界裡沒有一個人知道我正要出征，鄰居當然不知道，就連董介、阿碰、川原小姐都不知道，這是理所當然的，所以我並沒有放在心上。在這四年間，我多半是獨來獨往，沒有哪個人能支撐我的心。除了那傢伙以外，但那也是過去的事了，此時的我完全是孤單一人。
變成隻身一人、接受了自己的孤獨之後，我反而感到輕鬆，彷彿有一層薄薄的殼覆蓋在我的身上，為我提供保護。
我這時才發現，大一時的我其實沒有接受自己孤獨的事實，只是假裝孤獨罷了。
和當時的我相較之下，當時的她才真的是孤單一人。
在我們剛認識的時候，她已經是信心堅定的人，所以無論遭遇任何情況都能保持堅強。她的心靈不需要任何人幫忙支撐，而我竟蠢得以為我們是同一類的人，其實我們的心靈和外表一樣天差地遠，根本是截然不同的生物。她想必早就忘記我了。

在我沒有參與到的這兩年半裡，她是怎麼過的？應該不會只是被人吹捧到得意忘形、拋棄了某些重要的東西吧？但她究竟在想什麼，竟然連最基本的東西都不顧了。我想知道，卻又不想知道，因為我已經懶得再失望了。

下樓梯時有另一位住戶跟我擦身而過，我們向彼此點點頭。我想我們一定都不在乎對方。

我滿腦子想的都是那傢伙。

已經改變的朋友。交流會那天見到的僵硬表情、每天發表無趣文章的社群網站、被四處流傳的照片上的笑臉，全都看不出她當初的樣子。我不禁悲從中來，甚至對她無端地感到憤慨。

其實前陣子我有想過，如果運氣好、緣分也還在，或許可以試著跟她談一談。運氣好不好我不知道，但我們的緣分大概在很久以前就斷絕了，所以我試著打電話過去就發現這個號碼已經沒人用了。

如果真的打通了，我該說什麼呢？我說得出指責她的話嗎？我有辦法要求她回到過去嗎？

如果打通了，以她的個性來看，一定會若無其事地問我「怎麼了，楓？」，還以為自己的演技有多精湛。

我一眼就能看穿。最後一次談話的時候，她看起來像是在挽留我，其實根本懶得理我這種愛來不來的冷淡成員，證據就是她只是拉了一下我的袖子，露出遺憾的表情，很快就接受了我要離開的事實。只不過是如此。

要說我一點都不難過是假的，但我明白這是無可奈何的，因為她很特別，而我只不過是碰巧走進了特別人物的視野裡。

我不期待自己被她記得，我只期待她能變回一個特別的人，而不是一個為了求職而四處走後門拉關係的無趣大學生。我知道，她不是這種人。

我一邊擦汗一邊走向車站，思緒翻騰的腦袋被晒得幾乎冒煙，所以我在車站前買了茶。

現在是週六早上，月臺上卻有很多穿襯衫的大人，電車一到就像工廠出貨似的，全體一致地上了車。

我不會覺得這些大人很遜，或是很無趣。除了年齡之外，我們之間並沒有多大的差別。有朝一日我也會加入他們的行列，但我到時一定會覺得自己很遜、很無聊。現在我還沒有那種想法，所以就先不管了。

短短十幾分鐘，我在平時不會去的校區附近車站下了車。週六還會來學校的只有那些吃飽撐著的社團人士或研究生，但是他們也不會一大早就來。我在空蕩蕩的月臺上無聲地走著。

地面上依舊暑氣蒸騰，早知道至少戴頂帽子。我想要儘快走到陰涼的地方，一出票閘就直奔校門。下學期已經沒有課了，不知道今後還有多少機會來到大學這個安全地帶，但我也沒有特別感慨就是了。

校內幾乎看不到人影，只有一個像學生又像附近居民的人在跑步，真想對他說聲「辛苦了」。

去大禮堂的途中有一張被樹蔭遮蔽的長椅，我坐下來，看看手機，距離會議開始還有三個小時。摩艾的幹部就算要提前準備，最快也要再一個小時才會來。雖說我提早到是為了小心起見，還是不禁懊悔自己太過早起。

我喝著剛買的茶。四周洋溢著蟬鳴聲，我感覺自己好像為了健康而出來散步的人，覺得有些可笑。

在等待的時候該做什麼呢？要不要找間涼爽的咖啡廳坐一下子呢？我最擅長的就是打發時間了，因為我整個大學生活都不斷地在打發時間。

我即使到了大四都還沒習慣一個半小時的漫長上課時間，我也沒有交遊廣闊到在校內閒晃就會碰到熟人，我總是一個人——有時是和董介一起——百無聊賴地打發時間。這樣的大學生活聽起來似乎很浪費生命，但我不知道有誰的大學生活是不浪費生命的，有些人甚至因為在大學裡學到的事情而犯罪，有些人還因為大學而丟了性命，也有些人在大學裡失去了原有的光采。和他們相比我還算好的，已經很好了。

仔細想想，我這次行動是為了讓已逝的時間回到從前。如果摩艾沒有變，我就不需要做這些事了，所以這跟打發時間其實沒啥兩樣。

當然，我對將要流逝的時間也不是沒有絲毫的期望，這點我和其他的大學生是一樣的。

在大學裡認識了她之後，我的確開始對未來懷抱希望，我可能還開始相信有朝一日能發現理想的自己是什麼樣子。

我不覺得那些時間都浪費掉了。至少我們兩人當時真的努力過、試過做些什麼、試過推翻些什麼，就算我們做的事只是一廂情願、不被別人理解，我還是覺得很值得。

如今只有我仍懷著理想，仍試著改變那些謊言。即使是在繞遠路，我還是忠於自我、還是在追逐理想。

我終於可以肯定自己了。

或許我終於能憑著自己的意志來肯定自己了。

我肯定自己在這三年和那幾個月之間所做的一切。

寫在那張圖檔上的訊息正是我的人生信念。

如果被發現了該怎麼辦？但我又覺得，那些訊息就是要被發現才有意義。

只是短短的幾年。

短短的幾年並不代表什麼。我們和高中生差不了多少，和社會人士也差不了多少。

既然如此，不如回到從前吧。

我要回去。

回去那個時候。

只要從頭再來一次就好了。

我心中逐漸變得火熱時，氣溫也逐漸變熱了。我打算換個地方，如果繼續待在這裡，恐怕在等到人之前就會被晒得虛脫。距離會議開始還有三個小時，就算休息一個小時，時間還是綽綽有餘。

想到這裡，我便站了起來。

才往前走了一小步……

「那個……」

我沒有停步，而是繼續走向片刻之後的未來。

在回過頭的那一秒鐘，我想到很多事。

我想到會在這種時間來學校的人，以及會對我說話的人。

大一的理想。大二的失望。大三的死心。升上大四之後的鬥爭。

我似乎在這一剎那回想起所有的往事，但我也不確定事實究竟是不是如此。我不知道什麼才是真的。

既然不確定，我只能選擇自己認定的事實。

我只能如實接受回頭見到的情景。

那是秋好壽乃。

※

不需要再回想了。

※

事實就在我的眼前。

秋好……是秋好。

毫無疑問，出現在我面前的人就是秋好壽乃。

雖然她有些憔悴，臉上還掛著黑眼圈，但她的衣服仍和我之前在交流會看到的一樣，她的妝仍和與阿天合照的時候一樣，只不過站在我面前的既不是被其他事情占據心思的秋好，也不是笑容燦爛的秋好，而是一臉困惑地望著我、現實中的秋好。

我們已經有兩年半不曾像這樣面對面了。

如果我問她「為什麼會在這裡」就太虛偽了，因為我心知肚明，她一定是因為身為領導者所以想要第一個到達會場。話雖如此，我完全沒想到她會來得這麼早。我真該謹慎一點的。

看到從秋好朝我伸出來的手，我知道她一定很猶豫，不知道該不該出聲叫我，看到我準備離開就更慌張了。

這突如其來的狀況令我僵立不動，秋好轉開視線，然後又望向我。

「呃，那個……」

她顯然正在謹慎地選擇措辭。

「好久不見了，田端同學。」

田端同學。

「……嗯。」

這是一句回應，也是我心中的異樣感所發出的聲音。

不是楓，而是田端同學。

兩者都是我。

「呃，不好意思，嚇到你了。」

「沒有啦。」

我們兩人看起來一定很像睽違多年的朋友吧，事實上也是如此。

我還在思考該說什麼，但我開口之前秋好就先主動解釋。

「我叫你是因為……」

「……」

「可以的話，我希望和你談談。」

秋好邊說邊看著我的眼睛、看著我剛才坐的長椅。

我知道她想談什麼。我太清楚了。

「喔，對了，我前陣子打電話給你，結果發現你換了號碼，信箱也換了。」

「……都已經兩年半了。」

這句話聽起來很像在諷刺她無視這兩年半的隔閡、如今還試圖跟我接觸，但秋好仍然帶著困惑的笑容，看著長椅回答「是啊」。

我知道她正在猶豫。

至於她是為了什麼理由而猶豫，我可以猜到幾個可能性。或許她不確定該不該和我說話，不確定該以什麼態度和我說話，不確定該對我說些什麼……不對，她顯然有話想對我說，所以第三個一定不對。既然如此，她或許是在猶豫該不該現在說。

我不知道秋好想對我說什麼，心中湧出了期待和恐懼，而她先偷偷做了個小小的深呼吸，才凝視著我說：

「你過得好嗎？」
「……還好。」
「這樣啊……那個，我有話想跟你說。」
她又宣告了一次，大概是下定決心了，但我卻沒有回應，因為我覺得回應就表示我準備好要聽她說話了。
我正面看著秋好，發現她的眼睛不像從前那樣清澈，這兩年半所累積的懷疑已經汙染了她的世界。
「你知道嗎？」
她以前也不會用這麼迂迴的方式說話。我歪了頭作為回應。
「那個……摩艾現在的情況很不妙，發生了一些問題，我等一下就是要向大家報告這件事。」
「……喔。」
秋好修過的眉毛顫抖了一下。
「……嗯。摩艾現在很不妙。」

「這樣啊。」

我沒有繼續追問，只是點點頭，秋好的那雙大眼睛卻睜得更大了。

「你有什麼想法嗎？」

我知道她現在是什麼心情，就是因為知道才會說出這種無意義的回答。

「……我不清楚。」

「摩艾現在很不妙耶。」

「跟我又沒有關係。」

「可是……那是我和你一起創立的摩艾耶。」

「早就不一樣了。」

秋好的語氣讓我不太高興，所以我的回答之中隱含著批判的味道，但是話一說出口我就後悔了，這樣實在不太好。

我聽見秋好吸氣的聲音。

「沒什麼不一樣的。」

「……明明就不一樣。」

秋好的眼神變了。

「摩艾現在做的事確實和以前不太一樣。」

「那就是不一樣啊。」

「就算如此，摩艾還是摩艾。」

她這句話真是強詞奪理。

「不然你覺得哪裡不一樣？」

她彷彿是在考我。

「……天曉得。」

我這樣說是因為我相信她自己比誰都清楚，但秋好似乎誤會了。

「什麼天曉得？」

她的語氣像是失望，又像是生氣。

「明明不知道還說什麼……」

「我剛才就說了我不清楚啊。」

「既然不清楚，幹麼還說這種話！」

秋好的語氣強烈得很不自然，她還露出懊惱的表情，咬緊嘴唇，皺著眉頭。

我可以理解她為何懊惱，但我覺得我才該懊惱，竟然為了自己不清楚的理由而改變。

秋好的表情顯露著她已經知道真相，很想對我破口大罵，或許因為她是一個大組織的領導者吧，她只是喘著氣，彷彿極力克制著自己的情緒。

「我有話想跟你說。」

「嗯，妳剛才也說過。」

「……那我就開門見山地說了。」

聽到這樣的開場白，若說我不害怕是騙人的。

擔心還沒發生的事很愚蠢，但是回顧過往的人生，我預料的壞事至少有一半會成真，所以我不得不害怕。

這次也是如此。

「你出現在這裡不是巧合，沒錯吧？」

「……」

「那是你做的吧？」

我早就在心底練習過要怎麼若無其事地歪頭裝傻了。

「啊……？」

我預料的情景分毫不差地成真了。包括我的表情，以及秋好的表情。

「摩艾的事。」

她不再遲疑了。

「在網路上爆料摩艾提供個資給企業的事。」

「妳覺得那是我做的？」

「是的。」

秋好點頭的動作非常果斷，她既不是懷疑，也不是胡亂斷定，而是真的知道。

不用說，秋好想的當然沒錯，重點在於她是怎麼看出來的；還有，她對這件事有什麼想法。

我依然裝出一副不明所以的表情，向秋好提出了一個非問不可的問題。
「我不明白妳在說什麼。我為什麼要做那種事？」
「不知道。」
秋好微微地搖頭，像是真的不知道，也像是在甩掉灰塵。
「但我知道一定是你。」
我聽見了自己的心臟更努力把血液輸出到全身的聲音。
「怎麼說？」
我感覺自己的血液變濃了，或許也和氣溫有關吧。
「我看到那張圖了。」
「圖？」
「看到圖上的字，我立刻就想到了。」
「……想到什麼？」
「你的人生信念。」
秋好斷然說道，臉上浮現了汗珠。

「……」

沒有回應是因為我怕一開口就會洩漏出心情動搖的聲音。

我想吞口水，卻做得很不順暢。

被發現了。

她注意到了。

秋好一定把我的沉默當成默認了。

「為什麼要做這種事？」

讓我意外的是，秋好的語氣之中並沒有質問的意味。

「告訴我。」

這不是懇求，反而像是訓話。就像小學生做了壞事被父母和老師責罵的時候會聽到的語氣。

我很不喜歡這樣。

「這只是假設，假如真的是我做的，那又怎樣？」

她那像是責罵，像是訓話，又像寬宏大量的原諒，自以為是長輩的語氣迥然一變。她大吼著「什麼那又怎樣！」，聲音之中飽含了輕易被挑起的怒氣。

果然。

我就知道。秋好剛才的語氣，那種寬容的語氣，只有在不認為雙方立場平等的時候才會使用。

以前的秋好絕對不會這樣說話。

「我叫住你就是為了跟你談談這件事。」

「有什麼好談的？你們不就是做了壞事嗎？我是不知道詳情啦，妳說摩艾提供個資給企業？犯下這麼顯而易見的錯誤，明明就是你們自己不對。」

「是這樣沒錯。」

沒想到秋好很爽快地承認了自己的過錯。

「所以我會坦白地承認，也會負起責任。」

「……講得好像負起責任有多了不起似的。」

我默默地斟酌心中想到的回應，最後說出口的是這句帶有情緒的發言。

「我又沒有這麼說。」

秋好明顯露出心虛的表情。可見這句話真的戳中了她的痛處，所以我得在她更生氣之前說出我想說的話。

「雖然我不清楚情況……」

再拖下去也沒意義了。

「但妳為什麼不想想做了這件事的人是什麼心情？」

這句話幾乎等於承認事情是我做的了。

「以前的摩艾明明只是一個追求理想的祕密組織。」

其實我不該在秋好面前說出這麼危險的發言。

但是這兩年半的歲月，以及秋好不同於以往的表情、語氣、對我的稱呼，彷彿一刀刀地割著我的背。

我本來以為在這種時候會感到刀割的應該是胸口。

「在摩艾還高舉理想、還不會給別人惹麻煩的時候才沒有人會想對它做什麼。後來這個組織莫名其妙地在校內壯大，成員也開始為所欲為，所以不是只有一兩個人排斥摩艾，而是很多人都看它不順眼，於是有人做出了這次的事。就只是這樣。」

我感到被割劃的背上出現了越來越多的傷痕。我沒有辦法住嘴是因為我不喜歡秋好的表情。她的臉上沒有半點受傷或後悔的表情。

我繼續說個沒完，像是要宣洩過去的一切。

「摩艾改變了某些人的周遭環境，說不定也改變了某些人的大學生活，甚至是人生，而且全都是朝著他們不樂見的方向改變。摩艾打著『成為理想的自己』的招牌，實際做的事卻是在傷害別人、破壞別人的生活。」

我毫不客氣地大肆批評，秋好卻始終默不吭聲。

她抿緊嘴巴注視著我，就像一個承受著痛苦的平凡人，彷彿忘了自己是摩艾的領導者。

那是我從未見過的秋好。

「摩艾確實傷害了很多人，又沒有試著補償，所以才會落到這個處境。會發生這種事也是應該的。」

突然。

我在說話時，突然從秋好的表情裡發現了一個可能性。

那是我期待的東西嗎？不對，應該不是。

我本來期待秋好會發現。

我期待她會發現自己犯下的錯。

如果真的是這樣，我不覺得現在太遲了。

因為我一直認為秋好會變成普通人也是被摩艾害的。

或許她只是沒有發現，或許她只是個被大眾洗腦、失去了力量的勇者。

或許她聽了我這番話之後才注意到。

或許她如今才為自己的過錯感到羞恥。

或許她開始改變了。我這麼想著。

「摩艾變得越來越奇怪了。」

我的言論持續行進，朝向希望所在的終點行進。

在那個終點，說不定秋好會改變想法。

「不過這次或許是個好機會。」

雖然希望很微渺，但秋好說不定早就覺得摩艾不對勁，卻沒有辦法阻止。或許是她身為領導者的無奈，或許是環境的趨勢太強烈，讓她沒辦法做出改變。

「不如重新開始吧。」

若是如此，現在開始還來得及。

秋好仍然用忍受著痛苦的表情聽著我說話。一陣涼風吹過，影子隨之搖曳。

「再重新打造一次吧。」

我向秋好說出了這幾個月以來的心願。

「重新打造真正的摩艾。」

能說出這句話，讓我為自己感到了一絲驕傲。

為了有助於溝通，我把視線從秋好的鼻子移到眼睛。像這樣相互凝視，讓我覺得被變質的摩艾耍得團團轉的我們或許一點都沒有改變。

「如果妳要的話，我也會幫忙的……」

我說到這裡時，秋好微微低頭、垂低視線。

我不知道她有什麼感覺，也不知道她在想什麼，所以我只能猜測。

我希望她能想起過去的那些事。

但我早該知道，期待的命中率比不祥的預感來得低，大概有八成會落空。

秋好的嘴脣動了。如同要擊碎一切。

「開什麼玩笑。」

我一時之間還搞不清楚狀況。秋好再次直視我，她用強而有力的眼神盯著我。

奇怪的是，她的眼神彷彿看著長年的宿敵。

「開什麼玩笑……開什麼玩笑！」

聽到她從壓抑之中爆發的怒吼，這次輪到我心虛了。

「秋好……」

「什麼變得奇怪？什麼好機會？什麼重新打造？還有什麼……真正的摩

艾?」

她當然不是在問我問題。

「你對摩艾裡面的事情知道多少?這兩年半的情況你根本一點都不瞭解!可是你卻想要毀掉摩艾,還把責任推給別人?開什麼玩笑!」

秋好的肩膀用力起伏,彷彿忘了呼吸。我反覆思考著她這些話的意義。想了好幾次,我才明白過來。

我努力把摩艾導到正途,並且對秋好釋出善意、懇求和解,結果她卻臭罵我、嚷嚷著「開什麼玩笑」。

明白過來之後,我才開始感到氣血衝腦。

「妳在胡說什麼啊,我當然知道,我當然看得出來摩艾變得奇怪了。」

「你說奇怪到底是哪裡奇怪?不要隨便亂說!」

她剛才那種察言觀色的小心翼翼已經完全消失了。

「怎麼不奇怪了?明明給大家添了那麼多麻煩,還做了如此的壞事。妳剛才也承認了,摩艾現在做的事和我們剛創立的時候不一樣。」

秋好從齒縫間吸著氣。

「這次的事的確是我們的錯，我們或許也給別人添了麻煩，但是和以前不一樣有什麼不對的？」

「那是因為……」

我還沒想出該怎麼回答，秋好就迫不及待地連番進攻。

「這一點都不奇怪，會隨著時間而改變是理所當然的。誰說不改變的東西就是好的，會改變的東西就是不好的？」

她這吵架的態度惹得我的火氣都上來了。

「妳以前才不會這麼自以為是地教訓別人。妳已經變了，而且是往不好的方向改變。」

「我才想說這句話咧！」

秋好的表情變了。我看得出來，她心中的悲傷超過了憤怒。

「你為什麼會變成這樣？」

「這是我的臺詞。我才想要問妳為什麼捨棄理想。」

「我哪有！」

秋好用前所未有的音量喊道。

「我沒有捨棄理想！我還是希望大家都能過得幸福快樂，希望大家活出沒有悔恨的人生，希望已經過著幸福生活的人都能做好事，如果可以的話，我更希望世上的戰爭、貧窮和歧視都能消失！」

「那妳幹麼搞這種求職社團啊！」

「光是期望又不能實現願望！」

秋好再次大喊。

語氣之中充滿了她的心願。

但是她所說的內容不過就是如此。

「想要實現願望就要有手段和努力和方法，我也是經過深思熟慮的。我沒有改變初衷，而是換了個方法，你為什麼不懂啊！」

「……既然不相信期望，那就不是理想了。」

秋好會說出這種話真是太令我失望了。

「這……」

秋好發出呻吟般的聲音，手上沉重的公事包滑落地面。

我對她提出質問。

「那妳在這四年之中靠著這些伎倆做了什麼？光是幫助別人求職對世界有什麼好處？拚命號召一些蠢貨來降低摩艾的素質，這算得上是好的方向嗎？」

聽到我的質問，已經變成普通女生的秋好努力不讓淚水流出來。她的格調已經降到這種地步了。

「秋好，妳說啊。」

這也是在質問我這四年大學生活的意義。

我等著她的回答。

我期待聽到有意義的話語。

最後秋好看著我的眼睛，顫聲回答：

「……我錯了。」

我期待聽到秋好說出真話，但那顫抖聲音所說的話卻和我想的不一樣。

不過聽到這句話讓我比較放心了。雖然牛頭不對馬嘴，但她終究發現自己犯下的過錯了。我甚至有些欣喜。

這是她的懺悔。

我一直很想聽她說出這句話。

「妳說妳什麼地方錯了？」

秋好這次明確地張開嘴脣。

「在這兩年半之間，我好幾次期望你可以繼續待在摩艾裡，我真是大錯特錯！」

我萬萬沒料到她喊出來的竟是這句話。

一頭霧水。我滿頭問號，聽不懂她到底在說什麼。我的心底同時冒出了高興和悲傷，但我現在沒空去深究這些情緒。

「妳不是早就捨棄了我和以前的摩艾嗎？」

「捨棄？你在說什麼啊？」

「妳改變了原來的價值觀，把我趕出去了。」
「明明就是你自己走的！」
「妳也沒有挽留我啊。」
「我們早就說好了，不喜歡的話隨時可以走，所以我才會一直問你對摩艾的看法，而你當時什麼都沒說，現在卻做出這種報復的行為，你這個人真的是有問題！」
聽到她攻擊我的人格，令我啞然無語。
「像你這種人沒資格批評我這四年間的努力！」
秋好尖聲喊著，用力搖頭。她的髮型也和從前不一樣了，連那躍動的每一根頭髮都讓我看不順眼，但我沒必要把這個念頭說出來。
批評她的外表只會降低我自己的格調，降到和批評我人格的她相同的水準。
「我真搞不懂！你為什麼要那樣做？如果有什麼事讓你不高興，你當時為什麼不找身邊的人商量？如果不方便找其他人商量，你也可以找我商量啊！

到底是為什麼？我真的搞不懂你！」
「妳說搞不懂我，其實妳根本沒打算試著搞懂吧？因為妳一點都不在乎和妳不一樣的我，所以才沒辦法搞懂。」
「我試過了！我真的試過！兩年半以前和這次，我都想要和你好好談一談啊！」
「結果還不是沒有談，而且妳還想把責任推給我。」
大概是被我戳中了痛處吧，秋好的表情扭曲，我彷彿聽見了她咬緊牙關的聲音。
「就算我要找妳談，但妳當時身邊一直有人在，像是尋木和脇坂那些人，我根本找不到機會。」
想起當時的情況，我更無法相信秋好剛才說的話。
「妳說妳希望我繼續待在摩艾裡？這才不是真的，就算我走了，妳的身邊還是有很多可靠的人吧。還有，雖然妳說得一副妳很關心摩艾的樣子，明明就是跟男友打得火熱，根本顧不上摩艾吧。」

我諷刺地說出這句話。

「……啊？」

秋好這句疑問和先前的反應截然不同，她緊繃的臉頓時放鬆，像是一下子就消了風。

「……啊？咦？等一下……」

她用已經放開包包的手抓著自己的頭髮。從這個動作可以看出她不是憤怒，而是單純地感到困惑。

我也有些困惑，我不明白自己剛才說的話何以令她出現這種反應。我不信任她，所以我的話中充滿挑釁的意味，可是這樣應該會激怒她，而不是讓她感到困惑。

睜大眼睛看著我的秋好到底為什麼困惑，我實在不明白。她這出人意表的反應令我非常在意。

所以我由衷期望她趕緊接著說下去。

「咦……難道……」

秋好的臉頰微微地抽搐著。

「難道你喜歡我？」

我不明白她這句話的意思。

「……啊？」

我的口中發出了跟秋好剛才一樣的疑問。

她在說什麼啊？我的腦袋裡充滿問號。

「你就是為此而記恨我？所以才做出那種事？」

秋好到底在說什麼？

她說我喜歡她？

「啊？」

喜歡？

我當時確實把秋好當成好朋友，我也很信任她，要說起來確實是喜歡。

但我知道她剛才問的那句話並不是這個意思。她不是問我是否喜歡她這個朋友，而是問我是否暗戀過她。

「哪有可能……」
秋好緊盯著我的眼睛。
她的臉上出現了從未有過的表情。
陌生的表情。
「……真噁心。」
秋好的身影彷彿有一瞬間變得一片漆黑。
但她依然好好地站在我面前，用鄙視的眼神看著我。
我感覺腦袋變得空洞，秋好的聲音在裡面迴盪著。
無論我再怎麼專注聆聽這回聲，所得到的解釋還是和剛才耳朵聽到的一樣。
喜歡？噁心？
什麼跟什麼啊？
秋好憑什麼這樣說？她竟然擅自認定我對她有那種感情？
難道是我自己沒有發覺？我曾經以那種眼神看過她嗎？難道真的如她所

說，我是因為這樣而對她懷恨在心，所以想要搞垮摩艾、讓她付出代價？

不可能的。

「我怎麼可能為此做出那種事……」

我怒火中燒。這不像先前的氣憤，而是連五臟六腑都會為之顫抖的暴怒。和這個比起來，她捨棄我、她變得不像從前、她對我大罵，都算不了什麼了。

她竟然這樣誤會我，竟然這樣胡亂猜測。

我被秋好誤會了。

只是這樣而已。別人聽了或許不明白這有什麼大不了的。

不過光是這個理由就夠嚴重了。

漆黑的毒汁在我的心中迸裂。

在我還沒察覺時，這毒汁已經從我的口中大量湧出。

「妳別小看我了！」

我的聲音大到連自己都嚇到了，秋好更是嚇得肩膀一顫，但她立刻穩住陣腳，瞪著我看。

「這是我要說的話。只是因為這樣，只為了這點小事你就故意來妨礙我們，真不敢相信！」

憤然丟出這句話的秋好已經完全看不出從前的模樣了。

我懂了。我終於發現了。

如同秋好所說。

真的錯了。

我真的錯了。

我不該嘗試扭轉變質的摩艾，更不該嘗試把秋好導回正途。

已經來不及了。

那什麼時候才來得及呢？

或許沒有來得及的時候吧。

早在我們相遇的那一刻就已經來不及了。

「我錯了。」

「……是啊！」

「早知道我當初就不應該和妳這種可恥的人交朋友。」

秋好露出驚愕的表情。

這句話有什麼好訝異的？

「像妳這麼愛現的人會找上我，只是因為急著找人幫妳療傷，妳根本不在乎找來的人是誰，而我只不過是剛好坐在妳附近罷了。」

「不是的……」

秋好吸了一口氣，正要說出來的話也被吞了回去。我看得出來她的臉色變了，看得出來她被我的毒汁傷到了。

幹麼現在才在這裡裝可憐？我又忍不住釋放出毒汁。

「說什麼為了理想，說什麼為了大家，妳一直都是為自己而活，而我只是個襯托妳的配角。」

我一直很想說出這句話，我真的這麼認為。

不只是對秋好。

其他人也喜歡故作清高地大談理想，其他人也喜歡假裝博愛地說是為了別人，但心底藏的全是自己的慾望、自己的算計。

秋好是這樣，董介也是，阿碰也是，川原小姐也是。

每個人都只會為自己著想，無論碰到什麼事，無論遇到什麼人，他們都可以為了炫耀自我、為了金錢、為了性慾而利用別人。

利用摩艾來彰顯自己的正義感。

利用學長作為男友的代替品來排遣寂寞。

利用朋友作為求職的工具。

利用要好的學妹作為發洩性慾的對象。

還有……

「妳剛好遇到我，所以就利用了我。不管是誰都無所謂，妳只是想找個注意妳的人。」

不對，照秋好的個性來看，就算到了這個地步，她也不可能……

「……或許吧。」

秋好彷彿吞下了我全部的毒汁，一臉沉痛地點頭說道。
她的表情清楚地烙在我的腦海中。
我什麼都聽不見了。
只看到秋好顫抖的嘴脣在動。
我的耳朵像是被割掉了，胸部和腹部彷彿也開了個洞，冷風從裡面吹過，令我瑟瑟發抖。
我突然察覺到危機。
我得在雙腳被切斷之前離開這裡。
但我還得想好最後一句話該說什麼。
「如果沒有遇到妳，我會過得更好。其他人一定也這麼想。」
我聽不見自己的聲音，但我感覺還存在的嘴巴說出了這句話。
彷彿連腦袋也被切掉了一半，我不明白自己究竟想說什麼。
我用還存在的眼睛看著秋好，然後轉過身去。
我曾經渴望看著那張臉，但如今已經不重要了。

就這樣，我和秋好決裂了。

到了隔天，被割掉的耳朵恢復了，但是胸部和腹部的洞穴裡依然吹著冷風。不管吃什麼東西好像都會從那個洞掉出來，所以我超過二十四小時連水都沒喝。

雖然我連站都不想站起來，但我還沒有反社會到敢蹺掉已經排好的班表，所以還是勉強拖著身體去打工。

說是過了一夜，其實我一整夜都沒睡，但我覺得昨天的事彷彿只是一場夢。不過我既然沒睡，那就不可能是在作夢。

昨天我去大禮堂是為了偷聽會場內的聲音，結果什麼都沒聽到，所以我接下來該做的是去打工的地方問川原小姐。不過，我已經記不得「我該做的事等於我想做的事」是什麼時候的事，我對摩艾完全失去興趣了。

彷彿連憤怒和焦躁都討厭我，在昨晚悄悄地從洞穴裡溜走了。空蕩蕩的心中變得越來越空曠。

我對摩艾做過的事、摩艾本身的事、和秋好大吵的事、違背自己人生信念的事，全都變得毫無意義。

原來秋好真的只是在利用我，所以關於摩艾的一切都和幻想沒兩樣，我也沒必要再跟他們生氣了。

時間和回憶一旦失去意義，好像連自己的存在都變得沒有意義了。不對，我打從一開始就覺得自己的存在沒有意義，只是我後來誤會了，開始妄想自己的存在有什麼意義。現在只是恢復原狀罷了。發生這種誤會真是糟糕，總之我已經清楚體認到自己的存在沒有意義了。

既然沒有意義，那我根本無須在乎。

其實我沒必要去打工，我既不缺錢，也不渴望藉著打工獲得成就感，更沒有想要見到的人，但是基於某種慣性，時間一到我還是出了門，騎著腳踏車去那間藥妝店。

白天陽光殘留的熱力依然燒灼著空氣，奇怪的是我並不覺得熱。

不知不覺間來到了藥妝店後面的停車場，連我都不知道自己是怎麼到達的，只記得途中好像有幾次踩空了踏板，卻不記得和哪些人擦身而過，也不記得停下來等了幾次紅燈。

我把腳踏車停放在一樣的地方，從後門進入休息室。

我一走進去就看到川原小姐，若是平時的我一定會很在意川原小姐參加過摩艾的內部會議之後心情怎麼樣，但我現在什麼都不在乎了，所以只簡單地跟她打了招呼。

「早。」

「……早。」

川原小姐的冷淡跟平時不太一樣，好像有些不自然，但我沒有放在心上。反正只剩幾個月了，等我離開之後，她也會把我給忘了。只不過是在打工時會隨口聊兩句的學長，走了也不稀罕。想必我們兩人都不會把這種小小的互動看得多重要。

我有點擔心在打工時體力不支，但我一點都不覺得睏，只是不停地出現著墜落的感覺。習慣這種感覺之後，我還是可以穩穩地站著。

工作平順地進行著，然後又到了店裡最清閒的時段。我一邊感受著被地板吸引和內臟上衝的感覺，一邊拖著地。

我一想到自己默默結束工作之後又要回到那個房間，就覺得好笑。空蕩蕩的自己，回到一個空蕩蕩的房間，聽起來就像個笑話。

「那個……」

我正蹲在地上補充貨架上的低卡營養餅乾，後面突然有人叫我，嚇得我把餅乾掉在地上。我撿起盒子放進紙箱後，帶著強烈到誇張的心悸轉過頭去。本來以為是客人來問商品的位置，結果卻是川原小姐。

我露出愕然的表情，慢慢站起來。川原小姐的視線一直注視著我的眼睛，跟著我的動作往上移。

「……怎麼了？妳不去顧櫃檯嗎？」

「沒關係，現在沒有客人。」

這是怎麼了？

川原小姐稍微皺起眉頭，好像不太高興的樣子。

「有什麼事嗎？」

「沒事，我只是有點擔心你。」

「擔心我？」

「你剛到的時候看起來一臉空虛的樣子。」

原來她板著臉是因為擔心我啊。

川原小姐的眼光真好，竟然看得出我的空虛。

「沒事的，我從小到大一直都是這麼空虛。」

這話聽起來像在開玩笑，但我說的是真心話。川原小姐並沒有笑。

「空虛的意思是什麼都沒有，我一直都是這樣，從來沒有變過。」

川原小姐是會笑呢？還是會更擔心呢？她若生氣地斥責「不要說這種話」也不是沒有可能。是哪種都無所謂，但川原小姐並沒有表現出其中任何一種反應。

「……對不起，我不知道該回答什麼。」

她只是單純地感到不知所措。

「沒關係啦，是我不該說這種話，讓妳困擾了。」

「我從昨天就一直在想……」

「……從昨天？」

被我這麼一問，川原小姐就露出驚覺的表情，遮住自己的嘴巴。

「不好意思，這明明跟你沒關係，對不起，是我疏忽了。呃，其實我昨天聽到了同樣的話，有個人也說自己空虛。昨天聽到的時候，我也不知道該怎麼辦。」

我用事不關己的心態想著，川原小姐怎麼都認識一些怪人？

「不用回答什麼啊，因為那個人和我確實都很空虛。」

「我不這麼想。」

川原小姐好像也沒想到自己會立刻反駁，低下頭說了句「對不起」。

「可是，我真的不這麼想。」

雖然我和川原小姐已經認識很久，但她後來補上的這句話讓我發覺她很了不起。川原小姐和我不一樣，她真的是個好人，雖然她也會抱怨別人、說別人的壞話，但她至少會真心關懷別人。

我空虛的心中想著，希望像她這樣的好人以後別再遇見像我這樣空虛的人。

雖然我不同意川原小姐說的話，但我還是覺得禮貌上應該道個謝，這時傳來客人走進來的聲音。我們用適度的音量齊聲喊道「歡迎光臨」，這不是應客人要求，而是應老闆要求的招呼聲。

川原小姐必須回櫃檯，我硬擠出笑容說了句「就這樣吧」結束了我們的對話，她也點點頭轉身走回去。

我準備繼續排放那些餅乾，可是還沒蹲下又聽到一聲「那個」，抬頭一看，還是川原小姐，她為了避免讓客人聽到，靠過來小聲地用一句「只是一件不重要的事啦」開場，對我說道：

「另一個說自己空洞的就是摩艾的阿廣學姐。」

川原小姐只說了這句話，又慢慢地轉身，連一根頭髮都沒有跳起，回到了櫃檯。

她說這句話的用意是什麼？我真是搞不懂。她應該不知道我和秋好的關係，總不會是故意調侃我吧？不可能的。

她說這是不重要的事，一點也沒錯。剛才聽到的事沒有從我的耳邊掠過，反而停在我還沒被切掉的脖子上，妨礙我呼吸。

我蹲了下去，不是為了排放餅乾，而是突如其來的一陣強烈暈眩讓我站不住。

我膝蓋著地，呼吸困難，開了洞的胸部和腹部寒冷到極點，雙手顫抖著。

『難道你喜歡我？』

我此時終於明白了，從昨天以來一直感到身體被切掉、喉嚨被堵住的感覺是怎麼回事。

我受傷了。

不知何時我的視野不再搖晃，卻漸漸變得模糊，我連忙趁著還沒被人看到之前遮住自己的臉。

「啊，川原小姐……」

打工結束後，川原小姐照例又要先走出休息室，而我第一次開口叫住她。

川原小姐張大眼睛轉頭看著我，似乎很驚訝，所以我必須向她解釋我鼓起勇氣叫住她的理由。

「對不起，妳可以等我一下嗎？」

仔細想想就會覺得這句請求很奇怪，因為川原小姐平常都會先在停車場等到我出去才離開。

但她很貼心地頻頻點頭說「好的，沒關係」，然後說「那我先去外面」，就打開後門走出去了。

我脫下圍裙和上班用的襯衫，穿著T恤和黑棉褲從後門出去。川原小姐在那裡等著我，和平時不一樣的是她沒有騎在電動機車上。

「啊啊，讓妳等我真是抱歉……不對，應該說叫妳留下來真是抱歉。」

「不會啦，這又沒什麼大不了的。」

「我有一些事想要問妳。」

我該怎麼說呢？直接問她這種事好像很奇怪，畢竟她又不知道我以前的事。我還在躊躇時，川原小姐把玩著手上的安全帽說：

「難道……你是要問阿廣學姐的事？」

「呃……」

「因為我剛講到她，對話就被別人打斷了，所以我在猜可能是因為這件事。如果猜錯了真是抱歉。」

她猜得沒有錯，所以我只能點頭承認。

「為什麼妳剛才聽到我說自己很空虛，就跟我說另一個說出同樣的話的人是摩艾的領導者呢？」

我有點害怕，不知道她是不是已經知道我跟秋好的關係。

「唔……」

川原小姐轉著安全帽，抬頭仰望著夜空。我也跟著抬頭望去，但是藥妝店的招牌太亮，所以連一顆星星都看不到。

「我是不是說了什麼失禮的話？是的話我很抱歉。」

「不會啦。」

我點頭回答，心中一邊擔心已經受傷的部分又會遭到另一次打擊。

「我是覺得啦……」

聽到這親暱的語氣，我稍微安心了一點。

「田端先生和阿廣學姐……啊，你跟阿廣學姐不認識，但你應該也知道她是一個大組織的領導者。我覺得你們是完全不一樣的人，你們做的事和日常生活一定也都不一樣。」

沒錯。

「那你們為什麼都變得這麼消沉，都說自己空虛呢？我在想，你們一定是對自己太沒自信了。」

「自信？」

聽到這個意外的詞彙，我不禁呆滯地重複說道。

「是啊，我覺得你們對自己的要求太高了。」

「我想應該不是這樣。至少我自己不是。」

我從來不曾認為自己是多好的人，川原小姐實在看走眼了。

「我不是說你把自己想得了不起啦，我只是在想，你或許覺得自己非得努力不可、覺得自己努力是理所當然的。其實大家都一樣，每一個人都算不了什麼。」

算不了什麼……的確，我的人生之中有的只是毫無意義的行動和毫無意義的想法。

「田端先生和阿廣學姐雖然立場不同，但你們似乎都覺得表現不好是不應該的。我剛才突然想到這一點，所以才忍不住提到她的名字。其實我想說的是，每個人都一樣空虛。我昨天也該跟阿廣學姐這麼說的。我也是個空虛的人，就像你認為自己很空虛一樣。」

「不，我覺得不是這樣。」

我一不小心就否定了她的意見。我從昨天以來一直在違反自己的人生信念。不過我是說真的，若是把川原小姐視為和我同類的人，那就太對不起她了。

川原小姐遭到我反駁，不知為何還是笑咪咪的。

「沒關係啦，不足的地方交給別人來補足就好了。」

「可以這樣嗎？」

「是啊，好比說我喝醉了、發脾氣了、逃跑了，還是有關係很好的學長會幫我的忙啊。」

雖然我無法理解，也不能接受，但我知道川原小姐是想要鼓勵我，所以勉強笑著對她說「謝謝妳的鼓勵」。

「不用客氣，我很高興能得到你的幫助。其實我也有點沮喪。」

「發生什麼事了嗎？」

我又違反自己的信念踏進別人的生活了。我正覺得不妙時，川原小姐卻露出神祕的笑容說「你想聽嗎」。

我點點頭，她滿不在乎地又將安全帽轉了一圈，說道：

「摩艾不在了。」

這句話迅速地從我的體內掠過，但又立刻繞了回來。

「啊？」

「正確地說，現在還在，但是快要解散了。這是阿廣學姐在昨天的會議裡說的。唔……我在摩艾裡一直過得很愉快，所以頗受打擊。」

「是因為校方的處分嗎？」

「應該不是，校方給的是其他的處罰，解散摩艾是阿廣學姐的決定。」

「喔……」

這是要負起責任的意思嗎？

不知為何我又開始覺得呼吸困難。

「已經討論到解散啦……」

「這個嘛，該怎麼說呢，昨天阿廣學姐在講臺上用麥克風說要解散摩艾，好像是第一次發表，沒有事先跟其他人商量。阿天和老師都很驚慌，阿廣學姐一定沒跟他們說過。」

「這……」

她是什麼意思？

「領導者想必背負著很多我們想像不到的責任吧，雖說這只是我的想像。啊，不過阿廣學姐昨天開會的時候看起來非常懊悔，我直到那時才發現大事不妙，但是已經太遲了。」

「摩艾真的會因為領導者的決定而解散嗎？」

問再多也沒有意義，但我還是忍不住用擔心的語氣問道。

「至少阿廣學姐已經決定不再參與了，明年會成為幹部的三年級學長姐都在討論摩艾解散之後要再成立其他組織，但是這個想法更讓大家擔憂。」

「……因為領導者已經撒手不管了嘛。」

我隨口附和，川原小姐又抬起頭「唔唔」地沉吟。

「的確是這樣，少了阿廣學姐不知道還有沒有辦法撐下去。」

川原小姐露出苦笑，她的臉上的確充滿了擔憂。

「摩艾是靠著畢業校友的力量來營運的，和畢業校友有交情的人主要是阿廣學姐。這是一大重點，但其他方面的管理工作也沒有人可以取代阿廣學姐。」

川原小姐提到她的名字時，就像是講到一個很重要的人。

「她記得住所有成員的名字和長相喔，會議結束之後，她都會站在門口和每一個人打招呼。也有人不喜歡這樣就是了。她也會跟我打招呼，甚至記得我之前說過的目標，還說要幫我加油。帶領一個大組織一定有很多事情要處理，但她並沒有因此把哪個人看得不重要。」

川原小姐像是在緬懷故人一樣仰望著天空。

身為領導者的秋好若是看到她這副神情，一定覺得很值得吧。雖然摩艾要解散了，從某個角度來看，或許這正是她所期望的吧。

這樣她就能成為在眾人愛戴之中背負起組織責任而辭職的優秀領導者，永遠被刻劃在大家心中了。

但她的想法已經不是我所能得知的了。

我已經這麼空虛，承受了這麼多的傷痛，實在不想再跟她的事扯上關係。

「摩艾是這樣的人在經營的呢。」

川原小姐說她沒有把哪個人看得不重要。

但我覺得把每個人都看得很特別，就等於沒有一個人是特別的。

她從很久以前就不需要我這個暫時朋友的陪伴了，她身邊多的是比我更有自信的朋友。就是這麼回事。

但我沒有熱心到想要告訴川原小姐這些事。

「不好意思，跟你說了這麼多無關的事。」

「不會啦，是我不該問妳這種不好回答的問題，對不起。」

只要有人向我道歉，我都會道歉回去。

在凝重的氣氛中，我們都沒有笑，而是客氣地道別，然後各自離開了藥妝店後的停車場。

騎腳踏車回家的途中，我一直努力不要去想任何事。

回到家裡，打開大門，走進屋內，我才感到比較安心，大概是因為這裡只有我一個人吧，這樣就不會有人發現我的空虛了。除了我自己以外。

我開了燈，放下包包，洗手漱口，然後坐在電腦前。這些動作沒有什麼意義，只是每天都會做的固定程序，如果有這個程序之外的動作，那才是真的有意義。

桌上放著一罐忘記喝的咖啡。我打開拉環，喝了一小口，嘗到微糖口味的淡淡甜味。這時我才想起，自己已經很久沒有補充過水分了。

結果液體並沒有從我胸腹的洞穴流出來，所以我喝完咖啡之後，又去開了冰箱，拿出一罐剩下一半的烏龍茶，全部喝光。

我帶著一瓶可樂回到桌前，打開電腦的電源，其實我沒什麼要做的事，這也只是在重複每天的行動。

先檢查看看信箱，只看到了求職網站寄來的一些關於自我進修的信件。為了求職和討伐摩艾而申請的免洗信箱已經好一陣子沒看了，以後大概也不會再去看吧，那些信箱成了被棄置在網路汪洋中的渣滓，直到世界末日。

我突然覺得很羨慕，能夠在一個地方閒置到世界末日還真是輕鬆。

如果我的人生是一篇故事，一旦故事結束了，這些空虛和傷痛也就無關緊要了，說不定這些空虛和傷痛還能被拿來當成教訓，或是得到美化。

然而我的人生依然在進行，沒有勇氣自殺的我只能繼續過著這段人生，繼續帶著這些空虛和傷痛活下去。

我的生活不會被美化，只有空虛和寒冷和傷痛不斷地衝擊著我。

如果能知道何時將會結束，如果能得到美化，不知該有多麼輕鬆。

人際關係也是一樣。

我在兩年半以前就該在心中把秋好的時間畫下句點。

如果我的記憶中只留下了美化的她，不知該有多麼輕鬆。

這麼一來我就不會受傷了。

再見面只會受到傷害。

我平白地受了傷，然後從大學裡畢業，開始工作，年歲漸增，或許有一天會結婚。對於之後任何一段時間的我來說，這些傷害都是不必要的。

同樣地，秋好的時間也會繼續下去。她會去工作，長大成人，或許會有幸福的生活，到時她鐵定不會再想起摩艾，也不會再想起我。

以後我每隔幾年想起這些事的時候，心中的傷口一定會再裂開。

我突然覺得人生好漫長。

像節拍器一樣，我每隔一段時間點一下滑鼠，螢幕上出現了視窗，然後消失，然後又再出現，其中也有社群網站的連結。

點進社群網站一看，我發現用來觀察摩艾動向、四處搧風點火的帳號還在登入狀態。

也把這個帳號的時間停下來吧，不然它就太可憐了。

我如此想著，正要關上視窗，手指卻突然停住。

有個東西竄入我的眼簾。

我收到了一則訊息。

打開一看，是不認識的帳號傳來的。內容寫著「歡迎轉發」，還附了一列網址。

早已放鬆戒心的我不以為意地點下網址，連結過去的網頁中只有一個音樂檔。

我依然不以為意地點下播放鍵。

喇叭傳出窸窸窣窣的雜音，然後是一段寂靜。

我懷疑這只是惡作劇，正想關掉的時候……

聲音出現了。

『大家好，我是擔任社團代表的秋好壽乃。』

我嚇得往後仰，椅子撞上了後面的矮桌。

『感謝大家……』

我急忙移動滑鼠，按下了播放器的暫停鍵。

什麼？這是什麼東西？

我還以為今後再也不會聽到秋好的聲音，沒想到這麼快又重逢了。

秋好以社團代表的名義打招呼。

歡迎轉發？

我該繼續聽下去嗎？我真的可以聽嗎？

猶豫了片刻，我覺得至少該弄清楚這段錄音的來源，所以又按下了播放鍵。

『……抽空出席這場會議。我想有些人已經知道了，最近有週刊報導了摩艾把學生個資提供給一些企業的事，今天召開這場會議就是要向大家說明現階段的情況，以及摩艾今後的走向。』

這是秋好在昨天的會議中所做的演講。

我立刻就明白了這是怎麼回事，這意味著參加昨天會議的成員之中有人對這件事非常反感，所以錄下了演講內容，傳給像我這種想要對付摩艾的人，希望製造更多的輿論攻擊。

從一個想要擊垮摩艾的人的角度來看，我感到十分不解。

把會議裡報告的事實和今後動向洩漏出去，對現在的摩艾又能造成什麼威脅？

而且這人還特地挑了領導者報告的內容，難道這會比網路上的消息更有殺傷力嗎？

難不成光是出現領導者的名字就能引來撻伐？

我還在思索時，秋好仍繼續說著。

『首先，這件事的責任完全在於我管理不善，造成了這麼大的麻煩，我對大家感到非常抱歉……真的很對不起。』

前面是早就想好的官方說詞，最後一句才是她的真心話。聽到這顯而易見的意圖，我就很想挑毛病，但我立刻想到已經沒必要再挑毛病了，就算挑了也沒意義，因為摩艾都要解散了。

我繼續聽下去。秋好的報告沒有半點多餘的內容，全都是網路上和週刊提過的事，沒有粉飾，沒有她的道歉，也沒有提到校方對摩艾成員所做的處分和法規上的處置。

此時我才想起自己平時在電腦上聽什麼東西時都會戴耳機，就從口袋裡拿出耳機，插進電腦。

我立刻就後悔了，因為聲音直接竄入耳朵，感覺就像我親自待在會議現場。寒風從腹部吹過，我開始感到噁心想吐。

但我沒有摘掉耳機。

秋好接著報告摩艾今後的動向。

『基於以上的情況，摩艾的活動將會受到限制，處分時間尚未決定，還要等我們和校方討論過後才能確定細節。受到限制的只有以摩艾名義發起的活動，成員之間自發舉行的聚會不受禁止。三年級學生若要訪問畢業校友，也只能由四年級學生以個人名義介紹，這點還請大家理解。』

秋好的聲音流暢得像是在讀稿，聽不出她的心思。

『至於後續的事……』

秋好說到這裡突然停了一下。

麥克風傳出了喘氣的聲音。

『那個……真的很對不起，發生了這件事之後，我一直在想該怎麼向大家解釋，該怎麼負起責任，但我覺得無論說什麼都沒有辦法彌補大家的失望，真的很對不起。』

她的語氣和用詞都和先前不一樣。

很明顯，秋好的心中有某種情緒動起來了。

剛剛還聽不出她的心思，此時我卻有一種強烈的錯覺，彷彿親眼見到了秋好低頭鞠躬的畫面。

不對，這不是錯覺，或許我現在真的在會議現場。

耳機還在我的耳朵裡。

『我也一直在想，摩艾該怎麼做。』

秋好的聲音在顫抖，彷彿透露了她心跳的激烈。

『摩艾這個團體該怎麼做。』

她終於要說出解散宣言了嗎?我即將見證川原小姐所說的場面，以及一段回憶的終結。

過去發生過的種種事情都只是短暫的故事，沒有任何意義。

如今這一切都要結束了。

我甚至希望這一切快點結束。但是……

『起初摩艾只有兩個人。』

秋好的話還沒說完。

我好像聽見了空洞的胸中又開始向全身輸送血液的聲音。

『摩艾一開始只是和好朋友在玩笑之中組成的團體，只是一個口頭上的約定。』

我的上身往前傾。

眼前出現了拿著麥克風的秋好。

『從那時到現在，我一直是打從心底喜愛摩艾，雖然有很多事做得不甚完善，但我在整個大學生活之中始終懷抱著希望。』

我的深呼吸和秋好的深呼吸合而為一。

『但這只是我的一廂情願。』

沉默維持了幾秒鐘。

『我……』

她接下來的聲音彷彿是要抓住自己的感情。

『為了自己，我借用了很多人的力量，犧牲了很多人，也背叛了很多人。』

字字句句都說得語重心長。

『雖然我很感謝大家一直支撐著空虛的我，但是這裡或許還是有人覺得我自私自利、不知感恩。其他地方也是。』

我……

『或許還是有人覺得我不在會比較好。』

我幾乎忘了呼吸。

『當然，我知道也有人把摩艾當成自己的歸屬，和我一起愉快地經營摩艾，我對你們真的是感激不盡，但是，對不起，對於那些被我傷害的人，我實在……無法裝作沒看見。』

……

『我希望每個人都能過得幸福，每個人都能成為自己期望的自己，我一直相信只要妥善經營摩艾，就算是已經離開的人也能接受，我一直相信著理想，但我現在明白，這只是犧牲了某些人而換來的，我只是在利用摩艾。』

嘶啞的聲音在我耳邊輕訴著。

『真的很對不起。你們一定會覺得我做出這種決定太沒責任感了，但我認為只有這個方法可以保護秉持著理想而建立的摩艾，還有跟摩艾相關的每個人。我決定解散摩艾。真的非常抱歉。我能說的，只有對不起……』

我聽見周圍湧起一陣騷動，到處都是疑惑的驚呼。

這時我才想起要呼吸。

突然有一陣前所未有的劇烈噁心感，令我不得不逃出會場，衝向廁所。

雖然反胃，我卻吐不出任何東西，只有少許胃酸湧入嘴裡。

這裡是我家的廁所，從我耳旁垂下的耳機沒有連著任何東西。

我回到現實世界，走出廁所，回到房間，虛脫地坐在地上。

我發覺身體在顫抖，吹過心中的寒風比先前任何時候都要冷。雖然心中寒冷，全身上下卻在發熱，熱到好像要把我的身體燒成灰燼。

我明白。

這是後悔和羞恥。

背上都是冷汗。

我突然感到頭上發癢，伸手猛抓。

已經太遲了。

為什麼我如今才發現這麼重要的事？

現在我才發現。

我一點都不希望看到秋好受傷。

我真的很想知道，為什麼自己如今才發現？

我先前的憤怒不是假的，這憤怒卻在轉瞬之間變成了後悔和羞恥。

我只看見自己受到的傷害。

因為受傷，所以我可以漠視別人。因為受傷，所以我可以攻擊別人。因為受傷，所以我可以痛罵別人。

我一點都沒有想到別人會受到的傷害。

不只如此，我甚至以為秋好應該承受得住。

我以為她能泰然處之，笑著接受這一切的打擊。
為什麼呢？
為什麼我想像不出秋好被我傷害到的模樣？如果我想像得出來，我一定不會這樣做。
我……真的不會這樣做嗎？
如果我是這麼善良的人，應該打從一開始就不會想要傷害別人吧？
我漠視秋好的感受而想出那些計畫並且實行。
也就是說，我根本沒有看見她。
我只看到了自己記憶中的一個形象，只看到了自己憑空想像出來的、一個不會受傷的秋好。
我剛才還在想，如果能結束我和秋好的關係、讓她在我的記憶中得到美化就好了。
結束，然後美化。
我自顧自地轉目不看現實中的秋好，自顧自地美化了她。

然後我又自顧自地失望。我們原本明明是朋友，我對她卻如此虛情假意。她自始至終都把我當成朋友，而我卻設計她、傷害她。我沒有半點猶豫，只想讓她受到和我一樣的傷害。

為什麼我會有這種想法？

因為我受傷了。因為我被傷害了。

我怎麼可以只因自己受傷就去傷害別人呢？

做出這種事，只是給自己帶來了後悔與羞恥。

說到底，我為什麼會受傷呢？因為我隱約感到秋好可能只是在利用我。

我希望秋好否認，而她卻承認了，所以我才會受到傷害。

但我現在才想起來，秋好本來想說「不是」，後來又把話吞了回去。

她一定知道這世上沒有人能斷然地否認這一點吧。

人和人本來就是在互相利用。

任何人都會為了必要的理由利用別人。

朋友、情人、家人、晚輩、前輩、上司、屬下……身邊的每一個人在某些時候都是可以利用的。

孤單的人找孤單的人當朋友也是在利用，不被瞭解的人想要找到瞭解自己的人也是在利用，病臥在床的人渴望別人陪伴也是在利用。

我一定也做過這種事。

對秋好、對董介、對川原小姐都做過。

因為被利用而受傷，根本不能當作傷害別人的理由。

或許被利用根本不是造成傷害的原因。

被利用不就代表被人需要嗎？

別人主動找我說話，我當然覺得很開心。

光是這一瞬間的開心就已足夠。

被人利用，就是被別人拿去填補心中的空洞。

這表示別人的心中是需要我的。

這表示我成了填補空洞的人。

如果現在我心中的空洞能被填平，那該有多好啊。

本來應該可以的，而我卻傷害了朋友。

我到底做了什麼事？

從昨天以來，秋好的聲音一直繚繞在我的耳邊，現在我卻不斷地想起自己對秋好說的那些話。

我……

我到底做了什麼事？

我不只是否定秋好的人格，還否定了她的存在。

如今我才明白自己做的事代表著什麼意思、傷害別人代表著什麼意思。

我打從心底想要道歉。

到了這個地步，我才想要道歉。

但是無論我怎麼等，秋好都不會再出現在我的面前了。

※

「楓，你高中的時候是什麼樣子？」

剛認識幾個月時，秋好問過我這個問題，我想都不想就回答：

「和現在沒啥兩樣。」

這不是在說謊，以前的我頂多只是比現在更容易相信別人，但我恨不得能早點忘記那個天真單純又脆弱的自己。

「妳一定從高中時就是這個樣子吧？」

我這句話聽起來或許多少有些諷刺的意味。

因為她老是不顧別人目光，一個勁地相信著理想，一廂情願地把我稱為朋友，我早已認定她這是先天性的毛病，已經沒藥醫了。

在常去的學生餐廳裡，秋好搖搖頭。

「我不知道你說的『這個樣子』是指什麼，不過我高中的時候和現在差很多。」

「咦？難道妳是進了大學才開始失控的？」

「我哪裡失控了？」

秋好笑著說。

「高中時代的我什麼都不敢說，因為我很怕被人排擠，但我反而經常因為這樣和朋友吵架。」

「真的假的？」

「真的啦。」

我這一驚真是非同小可，我還以為她打從出生就不曾擔心自己太受人矚目。我也在想，如果她還保持著從前的個性，我現在就不用如此勞心了。

「那妳是什麼時候轉到這個頻道的？」

「頻道？」

「我是問妳因為什麼契機而不再害怕被人排擠啦。」

秋好一聽就垂下眉梢，彷彿很不好意思。

「我現在還是怕啊。」

我愣住了，秋好看到我的反應就說「喔，原來是這樣」。

「我知道你是什麼意思了。我還是會怕，還是會擔心受人批評，但我高中的時候只會一直停留在這種想法之中，現在與其說是轉了頻道，還不如說是長大了。」

當時的我對於長大一詞並沒有多少體會。

「既然還是會怕，不是應該避免陷入這種場面嗎？」

我很直接地說出心中的想法。當時的我只會在秋好面前說出真心話。

秋好想了一下，才搖搖頭說：

「長大不代表要忽視自己的弱點。我確實有我的弱點，但個性不是那麼容易就能改變的，能接納自己的弱點，才是真的長大了。如果接納了自己的弱點，大可心安理得地停留在原地，但我不是這樣，就算仍然害怕，我還是想一點一點地往前走。」

當時我只是不耐地想著，什麼一點一點地往前走嘛，她又在說些令人尷尬的話了。

※

以前的我什麼都不懂。

五臟六腑痛如刀割，血液輸送異常迅速的不適令我難過得直不起身，但我依然在衝動之下跑出去。

下樓梯時，我因心急而踏空樓梯、扭到了腳，但我完全不在意，身體上的痛還比不上心中的痛。

我在停車場騎上腳踏車，但連踏板都踩不好，還一度摔倒，撞翻了好幾輛腳踏車，才勉勉強強地騎了起來。

顫抖的腿踩著踏板。我用最快的速度拚命地騎。

我的目的地是秋好的公寓。位置我還記得很清楚。

為了儘快見到秋好，儘快和她說到話，我全力地踩著腳踏車。

我想要誠心誠意地向她道歉。

因為我對她做了過分的事，因為我傷害了她。

我破風前行，途中還撞到了路人的包包，罵聲從背後傳來。平時的我一定會道歉，但現在除了秋好以外的事我都不在意了。

不，不對，不是的。

不只是現在。

我從來沒有在意過秋好以外的人事物。

所以我才會做出那種事。

發現真相之後，我又心痛到幾乎想吐。

我一路奔馳，終於看到了以前經常來訪的學生公寓。我經過了秋好平時等車的公車站牌，在公寓門口跳下車，匆忙到差點跌倒，然後就把腳踏車丟在原地。

我在公寓的對講機輸入秋好住處的號碼，按下門鈴。我一點都不緊張，只是覺得幾乎被罪惡感和我們從前的友情壓垮。

過了良久還是沒有聽到回音，我又按了一次門鈴，一樣沒有反應。我想到她可能不在家，於是跑到公寓後方，找到她房間的陽臺，發現燈是暗的。

她還沒有回來。

我第一時間想到的是在這裡等，但我又沒辦法只是靜靜地待著，所以又立刻回到門口，牽起倒在地上的腳踏車，騎上去。

接著我又騎向被我們這些大學生視為根據地的校園。手機和其他東西都沒帶出來，所以我無法聯絡任何人，也不知道現在的時間，只能讓反應得比腦袋更快的身體來引領我。

我再次全力踩起踏板。

大學很快就到了，除了月光以外幾乎看不見任何光源，所以校園內一片漆黑，但校門是開著的。我直接騎車進入校園。

在哪裡？秋好在哪裡？

就算只是偶然撞見也好，我把所有希望都放在自己的運氣上。

我一邊騎車一邊左顧右盼，突然聽見前輪發出劇烈的聲響，緊接著我就摔在柏油路上。

「好痛……」

我的手肘和膝蓋都擦傷了，腦袋還撞上高出地面一些的人行道。我在疼痛之中慢慢起身，回頭找尋自己的腳踏車，卻看見腳踏車的前面凹了下去，似乎是撞上了擋桿。

看到腳踏車壞了我並不心疼，失去了能快速移動的交通工具才令我懊惱。

我現在迫不及待地想見到秋好。

胸中又是一陣鬱悶，胃酸上湧。

剛才嘴裡吃到一些沙子，就和胃酸一併吐出來。

我想要用跑的，但膝蓋的痛楚讓我跑不動，發現不能跑時簡直令我五內俱焚，像是有一根燒紅的鐵棒在身體裡面亂搗。

她在研究室嗎?還是在摩艾的社辦?或者她根本不在學校?

我恍惚的腦袋很快就想到，在我行進的方向只有其中一個選項。去研究室吧。

我盡其所能地快步走向研究室。

快一點，快一點。

得趕在秋好離開之前，快一點。

得趕在來不及挽回之前，快一點。

快一點。

……

我突然停下腳步。

毫無理由地停了下來。

沒有任何人經過，也沒有颳起強風，也不是因為撞傷的腳痛到走不動。

說不定是因為那樣。

我突然從夢中醒來了。

為什麼？

我的右眼看不見，大概是汗水滴進了眼中，而剩下的左眼看到的景色卻比剛才更清晰。

可能是因為受傷，讓我稍微冷靜了一點。不對，說不定只是時間的問題。

我從夢中醒來了。

我從秋好還願意接納我的夢中醒來了。

我覺得先前的衝動真是莫名其妙。

見到她又能怎麼樣？難道我以為還能改變什麼？

我想為傷害她的事向她道歉，想要由衷表示自己的悔意。
但是說了又能怎麼樣？
道歉只是為了自己。
只是希望被原諒，希望重歸舊好，希望對方不要生我的氣。
對方一點好處都沒有。
我或許真的以為自己能得到原諒。
明明做了那種事，明明做了那麼多過分的事。
我怎麼會以為還能挽回？
自己的呼吸聲、心跳聲聽起來和平時完全不一樣。
手肘和膝蓋還在隱隱作痛。
我心想，回去吧。
我又漠視秋好的心情了。
她一定永遠都不想再看到我吧。
我對她說了那麼惡劣的話，否定了她在這四年間的努力，就算我們以前是朋友也沒用。
她現在一定對我痛恨至極。
她不可能想要見我。
有什麼理由非得和討厭的人見面？
有什麼理由非得讓自己更討厭對方？
如果有這種情況。
如果真的有。
我用轟隆翻騰的腦袋思考著。
腦海裡浮現了一個想法，但我不確定該不該去做。
我很煩惱。著實地煩惱了一番之後，停下來的腳再次走向研究大樓。我盯著前方，一步一步走著，為了切實地縮短距離。
手好痛，腳也好痛，五臟六腑也都在痛，但這並不是原因。
我花了超乎必要的時間，好不容易才走到那棟大樓前面。
研究大樓不像其他大樓一下課就變得烏漆抹黑的，而是還亮著幾盞燈，看起來像是零散住著幼蟲的蜂窩。

我要去的那間研究室也亮著燈。

我不知道我要找的人在不在裡面，就算真的在，我也不知道該說什麼。

即使如此，我還是非去不可。

我拉開大門，走進大樓，屋內似乎比外面更冷，我覺得自己的皮膚好像變薄了。

令我慶幸的是可以搭電梯。我到了四樓，在昏暗的走廊上走著。另一點值得慶幸的是這層樓只有一個房間從位置較高的窗戶透出燈光，所以一定不會弄錯。

我站在門前，放下猶豫，伸手敲門，裡面隨即傳來回應。

「請進。」

我想見的人就在門後。

我推開了門。

「晚安。」

「哇！」

發出驚呼的不是我要找的人，而是站在一旁的女性，她驚訝地盯著我說：「呃，你怎麼全身都是傷啊！怎麼了？」

好一陣子沒見到的明亮燈光讓我瞇起了眼睛，我正要回答時，盤著手臂坐在椅子上的另一個人先開口了。

「找我有事嗎？」

「……是的。」

「你傷成這樣不痛嗎？」

「當然會痛。」

我正要說出「先別說這些了」，先前那位女性就說著「我去拿醫藥箱過來！」，丟下我們跑了出去，連門都沒有關。

「不好意思，她還挺多事的。」

我還在發愣時，他如此說道。我搖搖頭回答「不會啦」，對一臉滿不在乎的他行了禮。

「好久不見，脇坂。」

「我不久前才見過你，但我們確實很久沒說話了。你是怎麼回事？怎麼會搞得渾身是血？」

聽到「渾身是血」我才低頭去看自己的手，傷勢比我想像得嚴重，我趁著還沒感到更痛之前趕緊轉開目光。

「我有事想要問你。」

「喔？你竟然有事要問我？真是難得。唔……坦白說，你會來找我已經讓我很驚訝了。」

他沒有被我遍體鱗傷的模樣嚇到，拿起桌上的杯子喝了一口，若無其事地說道。

「因為我一直覺得你討厭我。」

聽到這麼直接的意見，我還真不知道該怎麼回應。

猶豫了片刻，我才低頭說：

「對不起。」

我道歉的理由不是因為討厭他，而是因為我明明討厭他卻還來找他。

我當然可以隨口敷衍過去，但我覺得自己如果真的那麼做，我等一下要說的話也會變成謊言，所以我坦誠地低下了頭。

「沒關係，我早就知道了。把頭抬起來吧。」

聽到別人表示討厭自己，脇坂的語氣依然是一派輕鬆。我依言抬起頭來，他的臉上還是掛著對一切都不在乎的表情。

「你真是誠實，我從以前就很欣賞你這一點。每個人都有自己的好惡，不過我還是想知道理由。」

「理由……」

是什麼呢？我暗自尋思。

該怎麼說才能精確地表達我的想法呢？

我細細地想著，最後我發現沒必要想得這麼認真。

理由從頭到尾都只有一個。我因秋好的演講深感後悔和羞恥時就已經知道了，我早就心知肚明了。

但是真的要說出來時，話語卻哽在喉嚨，全身冒汗，內臟又開始痛了。

脇坂還在等著。我深深吸了一口氣，不顧聲音中的嘶啞，把話說了出來。

「因為秋好……」

我說了出來。

「不再只看著我一個人了。」

這是從心底深處挖出的、如汙泥般的真心話。

沒有任何遮掩。我之所以討厭摩艾、討厭周遭的人，真正的原因或許就是這個。我終於承認了。

難道真如秋好所說，我對她懷著愛戀的心情嗎？我不這麼認為。但我確實把她當成重要的夥伴，唯一重要的人，所以看到她把心思轉移到其他人的身上才會讓我這麼不甘心。

我為此發起的行動深深地傷害了她。

我必須面對這個事實，我就是為了面對事實才來這裡的。

此話一出，周遭的空氣似乎變得稀薄，令我呼吸困難，心跳也加速到極限。

面對自己的感情竟然是這麼痛苦的事。

脇坂的嘴角放鬆了一些。

「原來如此。或許你會覺得這是老生常談，不過沒有人會只把目光放在一個人的身上，而且她後來還是很關心你的。」

「……是的。」

是啊，我知道。其實只要仔細想想就知道了。

「那你想問我的是秋好的事嗎？」

「是的。呃，你知道摩艾要解散了嗎？」

「知道啊。」

「那是被我害的。」

我親口承認了自己的過錯，但還是因畏罪而緊張到胃壁收縮。

脇坂會怎麼想呢？他會訝異或生氣嗎？我猜兩者都不是。不出我所料，

他只回答了「這樣啊」。光是這樣已經讓我很難過了。

「你是怎麼做的？」

我該回答脇坂這個理所當然的問題嗎？我心中脆弱的部分仍想要省略對自己不利的敘述。

但我把全部的事都說出來了。所謂的全部，就是包括我為擊垮摩艾所設下的計謀，以及傷害了秋好的事。

我沒有堅強到足以壓過自己內心的脆弱，脆弱的地方還是一樣脆弱，我只是不願讓自己落到更可悲的境地。

聽我說完之後，脇坂毫不遲疑地說：

「太差勁了。」

他一點都沒有跟我客氣。

「是的。」

「秋好經常跟我提到你，至少在你離開摩艾之前都是如此。」脇坂凝視著我說。「她有時也會批評你，但那是因為她和你有著堅定的友情，而且她也很信賴你。這件事她也有不對的地方，但你完全背叛了她的信賴。」

「……你說得沒錯。」

這次的事，我除了被秋好罵過之外，這還是第一次有人當面數落我的過錯。

「你既然都明白，那你還想問我什麼？」

我不知道脇坂到底是體貼還是漠不關心，但無論是哪一種，我都很感激他對我這麼公平。

他讓我有機會說出我來到這裡的理由。

「摩艾……」

雖然我本來就討厭脇坂，但是想到有可能被他討厭，我還是需要多花一秒來做深呼吸。

「有什麼是我能幫忙的嗎？」

我也知道說這種話只是自我滿足，所以說出這件事比說出我討厭脇坂更需要勇氣。明明是我搞垮了摩艾，明明是我傷害了秋好，我被討厭、被痛罵、被鄙視也是應該的，但我還是不得不說出這句話。

該說如我所料嗎?脇坂的長嘆如一把刀刺傷了我這份決心。
「你覺得自己能做什麼嗎?」
雖然他沒加上「事到如今」,但我聽起來還是有那種感覺。
我的雙腳不堪身心雙方面的壓力,幾乎就要逃走,但我還是努力按捺著。
「……對不起,我不知道。我真的不知道,我只是覺得或許我能夠做些什麼。」
「為什麼來問我?」
「……因為你是局外人。」
這句話聽起來或許很失禮,但脇坂的表情還是沒有任何變化。
「對摩艾而言,我已經是局外人了,所以我想知道一直以局外人的立場協助摩艾的你有什麼想法。」
不知為何我沒有說出「專程來問你」。
脇坂盤著雙臂,望著研究室的牆壁。我不自覺地跟著望去,除了牆上的小洞之外沒看到任何特別的東西。

「我有個簡單的問題。」脇坂說道。「你對摩艾是怎麼想的？是為了破壞它呢，還是為了恢復它？」

「啊……」

我本來想說「為了秋好」，但是話還沒說出口我就打消念頭了。不對，不是這樣的，說是為了別人，就等於把責任推給別人。

我努力思考這個問題的意義。我在乎的不是脇坂希望聽到什麼答案，而是自己究竟怎麼想。

我試著找尋最真實的表達方式。

然後我找到了。

這不是臨時想到的，答案一直都在我的心中。

「我……」

我只是一直假裝沒看見，一直不讓別人發現。

但我不想再逃避了。

「我想要一直待在那裡。」

沒錯，就是這樣。就只是這樣。

就這麼簡單。

這麼簡單的事，我卻一直無法告訴秋好。

如果我能對她說出口，或許事情就不會演變成這種局面了。

不見得非得是分道揚鑣的時候，就算是兩年前、一年前，甚至是一個月前，或許都還來得及。

如果我能早點鼓起勇氣打電話給秋好，約她出來見面，告訴她我想待在摩艾裡面就好了。

但是我卻說不出口。明明是這麼簡單的事，我卻始終跨不出去。

說出來又不會怎麼樣。說出來也不是什麼丟臉的事。

要說丟臉的話，我只顧著鑽牛角尖而沒有勇氣說出真心話，才是更加丟臉的事。

我一直都不懂。

我不懂被自己的脆弱吞噬是怎麼一回事。

如今我終於懂了。

但是已經來不及了，已經回不去了。

我再也無法回到那個地方了。

「我只想讓摩艾延續下去，只是這樣，真的，只是這樣而已。」

我呼吸紊亂，連話都講不好了。

心臟仍然一陣陣地抽痛。

我感受著自己的疼痛，一邊想著秋好一定更加疼痛。

不合理的傷痛一定更加疼痛。

脇坂聽完之後面無表情地點點頭。

「這樣啊。但是，無論你怎麼做，你都不可能回到那個地方了。」

我知道。

「就算這樣你也無所謂嗎？」

我深深吸了幾口氣，再用力吐出，艱澀地嚥著口水。

「我覺得很難過。」

不能再隱藏了。

我不能再隱藏秋好不再關心我的寂寞和傷害了。

「但是還有其他人像以前的我一樣希望繼續待在摩艾裡面。」

「我明白了。」

脇坂更用力地點頭。

「也就是說，你想要幫助過去的自己，對吧？」

我仔細品味他這話的意思，然後點頭回答：

「……是的，應該就是這樣。」

正是如此。

我不打算進一步地修飾或補充。

脇坂歪頭看著我幾秒鐘，不知道在想什麼。

然後他揚起嘴角。我今天第一次看到了他的笑容。

「對了，你站在門口別人進不來，可以請你讓一下嗎？」

我回頭一看，剛才跑出去的女性拿著醫藥箱尷尬地站在後面，我道歉之後讓開了路，她立刻走進來，指著椅子叫我坐下。

脇坂見狀就笑了出來。

「不好意思，她很愛多管閒事。」

說完之後，脇坂就拿起包包準備離開。我不顧那位女性還在幫我的手臂消毒，想要跟著站起來，但是我還沒開口，他就轉頭說道：

「改天再聯絡吧。」

在脇坂走出房間的同時，我又被那位女性推回椅子上。

我不好意思辜負她的善意，只好乖乖地接受治療。此時那位女性似乎想起了什麼好笑的事。

「那個人很愛多管閒事。」

我靜靜地凝視著牆上的小洞。

真希望春天能延長一點。我一邊穿著長袖襯衫一邊如此想著。我吃了一片吐司和便利商店買來的沙拉當早餐，一點一點地啜飲著咖啡時，就收到了催我趕快出門的郵件。

『真期待和你見面。』

這篇正經八百的問候是以這句話作為結尾。我在上次收到信的時候就覺得這種行文技巧很厲害了，客氣之中還帶了點俏皮。

我喝完咖啡，把杯子稍微沖過之後放在水槽裡，然後穿上外套，拿起單調的公事包，迅速完成了平時的打扮。平日做這些程序時，我的心情會比較沉重，但是今天的目的地不一樣，所以心情輕鬆多了。

我看看時鐘，預定要搭的電車還有二十分鐘才來，從我家走到車站要十五分鐘，出社會以後只遲到過少少幾次的我還是勤奮地提早出門了。一走出去就碰上剛結束了晨跑的鄰居大姐姐，我們互相點了個頭。這棟公寓的牆壁很厚實，和女友吵架也不會被這位大姐姐聽見，所以我很喜歡。

走到車站正好花了十五分鐘。我的額頭已經開始冒汗，我瞪著太陽，埋怨地想著現在不是還在春天嗎。

走進票閘沒多久，電車就來了。離我家最近的車站是起始站，所以一定有位置坐，這也是我喜歡那棟公寓的理由之一。

從這裡搭車一個小時，就能到達今天的目的地。

我思考著要講的話，一邊想一邊發睏，到了轉乘站才急急忙忙地起身衝出去。

搭了十五分鐘的地下鐵，就到了我以前每天都要去的、離大學最近的車站。今天是週六，所以乘客很少，還有一些時間，所以我在月臺的自動販賣機買了罐咖啡慢慢享用。

又看著一輛電車離開，我才起身走向大學。和自己逐年遞減的體力商量過後，我決定搭電梯到地面。

走進校門，我沒看地圖就直接走向今天的目的地——校內最大的學生餐廳。我最喜歡吃炸魚排，但是今天不供應，真是可惜。

越接近目的地，學生也變得越多，在離餐廳最近的轉角有個女孩向我打招呼，我只是以標準的業務用笑容朝她點頭，隨即在心中默默反省。

餐廳前方有一個長桌，桌邊坐著三個學生，我走了過去，跟第一個對上視線的女孩說話，她似乎和我一樣緊張。

「妳好，我是田端楓。」

我從內袋拿出名片盒，取出一張名片，她恭恭謹謹地接過去，對照過公司和人名之後用麥克筆在名單上畫下記號。

「感謝您今天前來參加。門口有人在分發資料和飲料，請到那邊領取。」

「好的，謝謝。」

這次我盡量露出自然的笑容，然後走進餐廳。室內的冷氣溫度適中，吹起來很舒服。我照門外那個女孩的指示領取了茶水和資料，又繼續往裡走。我記憶中的餐廳如今搬空了全部的桌子，椅子排成一圈圈的圓形。牆邊有個明顯的位置擺著投影機，我心想主持人應該會站在那邊，立刻就有一位女性朝我跑來。
「早安。感謝你今天撥空前來。」
「好久不見了。」
我因見到熟人而放鬆下來，此時我的表情大概是今天最自然的吧。
「一年沒見了，都是因為田端先生一直躲著我。」
「我沒有躲妳啦，只是每次都剛好錯開罷了。對了，董介要我幫他轉達一聲『不能出席很抱歉』。」
「他又是去找哪個女生了吧？」
川原小姐露出壞心的表情。她沒有像以前一樣戴耳環，她已經變成一位穿著直紋襯衫的成熟女性。
「我真的很感謝你能過來。坦白說，我一直覺得你不太喜歡談自己的事，所以我自己還在組織裡的時候都沒有邀請過你。這次沒想到你會答應，我真的很意外。」
「我從妳信中那句『真的假的！』就感覺得出來了。這是有原因的，我怕拒絕妳又會被妳踢。」

「那都是幾百年前的事了！而且那時我還喝醉了。你還真是小心眼。」

「我又不像妳這麼流氓。」

我們兩人正在嘻嘻地怪笑時，餐廳裡響起了「啊啊」的麥克風試音。轉頭一看，一位很高的男生正緊張地握著麥克風。

『各位，感謝你們今天來參加這場活動。』

那個客氣的聲音在問候之後，對我們發出了幾項指示。我和川原小姐乖乖地走到指定的座位，坐下來看資料。我發覺這份資料做得非常用心。

「做得不錯吧？」

一旁的川原小姐說道。

「今天請你來當然是為了學生們，不過我更想讓你看看我們這五年的努力成果。」

我看著靦腆的川原小姐，心想她果然很懂得說話技巧，或許該說是一種才能。

開場的時間到了，雖然有些參加者還沒到場，但我們還是先跟學生分組。社會人士在第一次分組是依照學生有興趣的業界來分類，所以我和川原小姐各自去了不同的小組，她在臨走之時還恐嚇我說「敢欺負我的學弟妹我就踢你」。

我被帶到像同樂會一樣排成圓圈的座位，旁邊坐著幾位學生。每個人都精神抖擻地分別向我打招呼說「請多指教」，而我每次都回以不太自然的笑容。

『第一場討論開始。如果有什麼問題，可以去找附近的工作人員。請大家多多指教。』

即使我被那些閃亮亮的眼睛盯得緊張不已，主持人還是喊了開始。學生們再次一起向我打招呼，讓我覺得自己好像成了老師。

「大家好，我叫田端楓，今天要勞煩各位指教了。」

我先從輕鬆的話題開始。

「我是第一次參加交流會，所以有點緊張，請大家多多包涵。呃，我是被兩年前擔任過大四代表的川原里沙邀請來的。」

面對著這群認真聽講的學生，我沒有能力說些有趣的話題，只能平鋪直敘地談起自己的工作。

我對學生解釋了公司背景、業務內容、主要客戶，以及工作的成就感，總之就是求職活動該提的事。

口才不好也是沒辦法的，因為我在學生時代從來沒有認真聽講過，此時我不禁後悔以前為什麼不多偷學一些技巧。

如果跟學生時代的我說，將來我會以社會人士的身分來演講，想必連我自己都不會相信吧。

學生們一直用認真的表情傾聽著，說完工作的事情之後就是發問時間。我暗自擔心會不會有人提出太難的問題，回答了一些關於上班時間和人際關係的問題之後，有個胸前掛著名牌的學生舉起手。我想起資料上的說明，掛著名牌的都是組織成員。

「能不能請問您在學生時代的有益經驗，或是讓您學習到寶貴知識的事？」

那位學生如此問我。

這一定是他們事先準備好的問題吧。「成長」在這個組織的宗旨之中是一大關鍵字，他們當然會問這類問題。

有益經驗，寶貴知識。我想了一下，雖然想到一些可以分享的事，但又覺得跟他們講這些東西根本沒有幫助，因此打消了念頭。

但是，我立刻換了個想法。

就算對他們沒有幫助又怎麼樣？

讓他們知道這種事情沒有幫助也好，這樣他們在面臨相同選擇時，或許就會選擇有幫助的選項吧。

我又環視了眾人一圈，然後說道：

「這或許算不上有益的經驗，但確實讓我學到了很寶貴的教訓。」

我此時的呼吸比平時吸進更多空氣。

「我要說的是因為傷害了重要的朋友而後悔的事。」

我感覺到現場的氣氛變得凝重。

我刻意讓自己的語氣配合現在的氣氛。

「我在學生時代傷害過一個很重要的朋友，毀壞了那個朋友最重視的東西。」

有個娃娃臉的學生繃緊了肩膀，大概是大一生吧。

「我後悔的時候已經太晚了，沒辦法再挽回了。」

我默默尋思比較好懂的表達方式。

「我並不討厭那個人，但就是因為很尊敬，所以當我看到那個人做出我認為錯誤的行為，我就自以為是地想要糾正人家。你們之中說不定也有人有過同樣的經驗吧。」

有一個男生輕輕地點頭。

「我和那個人的關係再也無法恢復了。」

已經長大的我說出了真正的心情。

「我直到現在還很後悔。這話聽起來或許很自以為是，不過我真的覺得能發現自己後悔了是件好事，就是因為傷害過別人的悔意仍深深地刻劃在我心中，才能塑造出了想要對別人誠實的我，才能讓我想要變得誠實。」

但我也不知道自己能否做到。

「我再也不想做這種事了，再也不想傷害對自己很重要的人，在我學生時代的經驗之中，這件事無論對我的工作或日常生活都有很大的影響。我現在仍在一點一滴地努力，希望自己漸漸成長為一個不會傷害重要的人、能夠為別人提供依靠的人。這話說起來還挺不好意思的。」

我總算說完了。

說完以後，我才發現一件事。

或許我來到這裡就是為了說出這件事。

或許在那之後我一直想要說出這件事。

我偷偷觀察著學生們的表情，然後抬起目光，思索著要不要請他們繼續提問。

此時，我對上了一道視線。

我和她四目相交。

我一直以為站在旁邊的只有組織的成員。

我一直只是用眼角餘光去看站在學生背後觀察狀況的那些人。

和她對上目光，我頓時停止了呼吸。

她猶豫地對我點了點頭。

她望著我，想要開口，但又闔起嘴巴。

川原小姐明明說過她不會來的。

穿著套裝的她一直靜靜地望著我。

「田端先生，你怎麼了？」

跟我坐在一起的組織成員這麼一叫，我的時間才又繼續流動。我慌張地道歉，說著：「這樣回答還可以嗎？」

再次抬頭時，她已經不在了。

我心想，說不定那只是我的幻覺，只是我因傷痛而萌生出來的天真幻覺。

第一場討論結束了，我隨便寒暄幾句之後就站起來。我沒有死心，又繼續搜尋她的身影。
就算她還在，我也不知道該做什麼，但我還是努力找尋她。
在主持人宣布休息片刻的聲音中，我拚命地搜尋著她。
結果我很快就找到了。
她的背影獨自走向餐廳門口。
我不自覺地踏出一步。
就算是幻覺也無所謂。
我不知道要做什麼，也不覺得自己能做什麼。
但我的腳還是繼續走。
追過去之後我才開始思考該做什麼。
我跑到餐廳外，四處張望，接著，我看見了她。
她走在林蔭道上，鞋子踩過地上的落葉。
那不是幻覺。
我和那纖瘦的背影之間沒有任何阻礙。

我們離得不遠，只要走快點就能拍到她的肩膀。
在認識後的幾個月裡一直陪在我旁邊的肩膀就在不遠處。
我想要開口叫她。
但是一股莫名的恐懼阻止了我。
我的任何行動都有可能惹得她不悅。
我不想要受傷，我害怕受傷。
但是……
我好想再見妳一次。
犯錯的自己，脆弱的自己。
還有和我不一樣的妳。
現在的我已經可以接受這一切了。
都是因為有妳，我才能成為現在的我。
是妳讓我的謊言轉變成真實的。
我加快腳步，追向她的背影。

我還是會害怕，畢竟我沒有變，我依然是我。
或許我會被漠視、會被拒絕。
不過，被漠視也無所謂，被拒絕也無所謂。
到時我會好好地接受傷害。

本故事純屬虛構，和實際人物、組織、團體、名稱皆無關係。

本故事曾連載於《角川文藝》二〇一七年四月號至二〇一八年一月號。出版成書時進行過增刪修改。

嬉文化

青澀的傷痛與脆弱

（原名：青くて痛くて脆い）

作者／住野夜　譯者／HANA　封面插畫／ふすい
執行長／陳君平　榮譽發行人／黃鎮隆
協理／洪琇菁　國際版權／黃令歡、高子甯
執行編輯／呂尚燁　美術編輯／方品舒
企劃宣傳／呂尚燁
發行／英屬蓋曼群島商家庭傳媒股份有限公司城邦分公司　尖端出版
台北市中山區民生東路二段一四一號十樓
電話：（〇二）二五〇〇－七六〇〇（代表號）
傳真：（〇二）二五〇〇－一九七九
中彰投以北經銷（含宜花東）／楨彥有限公司
電話：（〇二）八九一九－三三六九
傳真：（〇二）八九一四－五五二四
雲嘉經銷／威信圖書有限公司　嘉義公司
電話：（〇五）二三三－三八五二
傳真：（〇五）二三三－三八六三
南部經銷／威信圖書有限公司　高雄公司
電話：（〇七）三七三－〇〇七九
傳真：（〇七）三七三－〇〇八七
香港總經銷／城邦（香港）出版集團有限公司
香港灣仔駱克道193號東超商業中心1樓
電話：（八五二）二五〇八－六二三一
傳真：（八五二）二五七八－九三三七
E-mail：hkcite@biznetvigator.com
馬新總經銷／城邦（馬新）出版集團　Cite(M)Sdn.Bhd.
E-mail：Cite@cite.com.my
法律顧問／王子文律師　元禾法律事務所
台北市羅斯福路三段三十七號十五樓
二〇一九年八月一版一刷
二〇二三年十一月一版八刷

■中文版■

郵購注意事項：
1. 填妥劃撥單資料：帳號：50003021戶名：英屬蓋曼群島商家庭傳媒(股)公司城邦分公司。2. 通信欄內註明訂購書名與冊數。3. 劃撥金額低於500元，請加附掛號郵資50元。如劃撥日起 10～14日，仍未收到書時，請洽劃撥組。劃撥專線TEL：(03) 312-4212 ・ FAX：(03) 322-4621。E-mail：marketing@spp.com.tw

國家圖書館出版品預行編目資料

青澀的傷痛與脆弱 / 住野夜 著 ; HANA譯 . --初版.
--臺北市：尖端出版, 2019.08
面 ; 公分.--(嬉文化)
譯自: 青くて痛くて脆い
ISBN 978-957-10-8576-0(平裝)

861.57 108005949